L'ENFANT MULTIPLE

87, quai Panhard-et-Levassor – 75647 Paris Cedex 13
ISBN : 978-2-0812-9598-8

ANDRÉE CHEDID

L'ENFANT MULTIPLE

Flammarion Jeunesse

À CHARLOT,
du rire aux larmes
des larmes au rire.

Pour LORETTE KHER,
au soleil de la vie.

Enfant de nos guerres
Enfant multiple
Enfant à l'œil lucide
Qui porte le fardeau
d'un corps toujours trop neuf

Ainsi tourne le monde : Manège, que domine le temps et que module l'histoire. Pourtant, des rênes fragiles – celles de la liberté – demeurent entre nos mains ; guidant hors des pistes nos provisoires montures vers notre propre destin.

Un matin d'août, se rendre à son travail en traversant Paris à pied. Découvrir la ville à la sortie de sa nuit ; observer son développement graduel hors du bain révélateur. S'en imbiber les yeux. Bénir le sort de faire partie de cette cité. La surprendre, parcourue par de rares passants, dans sa captivante nudité. Se tenir, parfois, au bord d'un trottoir : compter jusqu'à vingt, jusqu'à trente, quarante... sans qu'une voiture s'annonce sur la chaussée. Naviguer le long de ses avenues, serpenter au fil de ses ruelles, contourner ses places ; côtoyer la Seine qui se cuivre, les arbres qui s'enluminent. Goûter à ce silence rythmé par tant de souffles. Ressentir ce face à face, chargé de tant de vies. Chanter en dedans. Savourer.

Tout cela n'arrivait plus à Maxime !

En se dirigeant vers son Manège, le forain arborait, depuis quelque temps, un air morne. Une moue renfrognée, désabusée, qui coïncidait mal avec sa face ronde, ses petits yeux rieurs sous des sourcils en broussaille, sa moustache en touffe, sa joviale calvitie. Il accentuait celle-ci en rasant de près le haut du crâne ; conservant une couronne de cheveux, brunâtres et peu fournis, par-dessus les tempes et la nuque.

Sa quarantaine bien entamée lui donnait, selon l'humeur, un flamboiement d'adolescence ou une apparence sourcilleuse, réfléchie. Son visage, naturellement débonnaire, se crispait de plus en plus souvent, envahi par des vaguelettes de colère ou par la crainte de se laisser berner.

Ayant pris de l'embonpoint, cela se remarquait à cause de sa taille à peine moyenne, Maxime Lineau avait décidé de se rendre chaque matin jusqu'au lieu de son travail en marchant d'un pas vif. De toute la famille, seul l'oncle Léonard avait de la stature, il mesurait un mètre quatre-vingt-cinq ; il était musclé, chevelu. Son neveu avait toujours envié son air d'athlète, admiré son tempérament vigoureux.

En route, il arrivait à Maxime de croiser quelques « joggers ». Les plus vieux lui faisaient pitié avec leur souffle haletant, leurs jambes de volaille. S'ils levaient la tête pour le saluer, ils exhibaient un sourire forcé qui ressemblait à un rictus. Il n'éprouvait qu'agacement face à ces pratiques étrangères si allégrement adoptées ! Lui s'en tenait aux habitudes de son enfance, le sport se limitant à des jeux de ballon dans la cour de l'école de sa commune.

Sauf pour quelques déplacements vers les pays avoisinants, le forain n'avait jamais voyagé.

La chance qui lui avait souri au début de l'installation de son Manège s'était brusquement retirée. La Bourse était en chute, les spéculateurs prévoyaient le pire. Ignorant les dédales des opérations financières, Maxime ne possédait ni actions, ni obligations ; mais le marasme se répandait sur tout, même sur son petit commerce. Un commerce auquel il se consacrait depuis près de cinq ans, et qu'il qualifiait d'« artistique » en souvenir de son oncle Léonard. Lui seul, l'aurait compris !

Dès qu'il leur avait annoncé son intention de quitter son poste dans l'administration pour acquérir un Manège, sa famille avait poussé les hauts cris. Quitter un emploi de tout repos pour se lancer dans une aventure aussi peu reluisante relevait, à leur avis, de la pure démence.

— C'est un saltimbanque que tu veux devenir ? Un saltimbanque !

Mis à part cet oncle Léonard, il n'y avait jamais eu d'excentriques chez les siens. Tous avaient constamment maintenu « l'extravagant bonhomme » à distance, ne le conviant qu'aux noces et aux baptêmes. Durant ces fêtes, on l'encourageait à divertir l'assemblée, on l'applaudissait. Ses mimiques, son visage glabre et gai, ses lobes d'oreilles flasques derrière lesquels flottaient des cheveux souples et mi-longs, fascinaient le petit Maxime.

Dénué de rancune, Léonard s'en donnait à cœur joie. Il faisait grimper son neveu sur ses épaules, et caracolait autour de la table des banquets en hennissant, en lançant de bons mots à chaque invité.

De si haut, les visages fondaient dans un rire éternel ; ni gronderies ni menaces ne montaient à l'assaut de l'enfant perché. Celui-ci se sentait libre, hors d'atteinte. Radieux.

Tiraillé entre les élans répétés vers son oncle et un tempérament plus terre à terre, plus conformiste, qui le rapprochait des membres de sa tribu ; fluctuant d'un comportement à l'autre, Maxime eut sans cesse du mal à se situer.

Puis, soudain, un fossé se creusa entre lui et ses proches. Le mot : « saltimbanque » étincela, flamboya sous sa peau. Maxime se lança dans son projet, comme il l'avait fait jadis courant à fond de train à la poursuite de son cerf-volant.

En maillot de bain, le torse nu, les pieds en feu, l'enfant file à travers champs. Sa longue corde s'élève, s'étire vers le ciel, jusqu'à l'insecte géant, l'oiseau multicolore qui fend l'air.

C'est l'aube ou bien le crépuscule, l'heure indécise et tranquille où les choses sont plus magiques, les adultes moins exigeants. Léger et souverain, fragile et vif, le cerf-volant – choisi, offert par Léonard – pivote, pirouette, hésite, taquine, quitte et reprend le vent... À la merci de l'intrépide jouet, le gamin s'immobilise, repart, accélère ; s'arrête de nouveau, bondit une fois encore.

Mais un soir, un ballet d'oiseaux de passage fonça sur le magnifique objet, fracassant son fragile mécanisme, déchiquetant ses papiers coloriés. L'un d'eux s'entortilla dans la corde. Ses pattes, ses ailes, ne parvenaient plus à se dégager de la frêle carcasse.

L'hirondelle et le cerf-volant se blessèrent, s'entaillèrent mutuellement. Puis s'effondrèrent, emmêlés, aux pieds du gamin.

Secoué de sanglots et de gémissements, celui-ci s'agenouilla, s'efforçant de rassembler les débris épars.

Le lendemain, il enfouit l'oiseau de plumes avec l'oiseau de papier – on ne les distinguait plus l'un de l'autre – sous la même motte de terre.

L'idée de posséder un Manège dynamisa Maxime.

Se délivrer des murs jaunis, des humeurs de son chef de bureau, de sa table en bois de hêtre tachée d'encre qui l'enchaînait durant des heures ; abandonner ces dossiers, ces colonnes de chiffres, ces noms indifférents, à force d'être anonymes, tout cela l'enchanta ! Il quitterait même sans regret les ordinateurs qui avaient fait, depuis peu, leur apparition dans l'entreprise et qui l'avaient d'abord émerveillé.

Durant les fins de semaine, Maxime parcourait sa ville à pied pour choisir l'emplacement de son futur Manège.

À quelques pas de Notre-Dame, non loin du Châtelet, il découvrit l'endroit souhaité : place Saint-Jacques, au bas de la mystérieuse Tour, au coin du jardinet.

Il consulta, dépouilla lois et coutumes, se mit en quête d'un permis et d'une série d'autorisations. En dépit de difficultés, de démarches administratives, des demandes de crédits bancaires et des risques à courir, ce fut une période heureuse. Durant cette période-là Maxime fut tellement épris de la vie, qu'en retour celle-ci lui insuffla ardeur, énergie.

D'avance il imaginait la plate-forme tournante, surmontée de chevaux rutilants, de véhicules bariolés. À la pensée de ces flots d'enfants montant à l'assaut de son futur Manège, il exultait. Bien que tenacement célibataire, et persuadé qu'il n'aurait jamais d'enfants à lui, il se réjouissait de leur procurer bientôt gaieté, plaisir et friandises en guise de récompense.

Maxime ne vivait pourtant pas en solitaire, et se débrouillait pour ne jamais manquer de compagne. Jugeant son physique peu attirant, il s'étonnait de séduire, d'enjôler si facilement les femmes les plus diverses, éprouvant une satisfaction continue de ses conquêtes hâtives, de ses aventures nombreuses et sans conséquences. Il se félicitait d'avoir toujours rencontré des partenaires – souvent mariées – qui considéraient l'amour avec insouciance et ne cherchaient guère les prolongements.

Avec Marie-Ange, une esthéticienne de la rue d'Aligre, les choses avaient failli tourner plus sérieusement. Ils se reprirent à temps, le mari devenant de plus en plus soupçonneux.

Avant l'installation du Manège, Maxime se passionna pour l'historique de la Place et s'acheta un guide des monuments de la capitale.

Sur cet emplacement se dressait – au Moyen Âge – l'une des plus importantes églises de Paris, point de départ du pèlerinage de

Saint-Jacques-de-Compostelle ; et souvent, le passage des Croisés se lançant à la reconquête des Lieux Saints.

Au XIVe siècle, Nicolas Flamel, l'« Alchimiste », fut le bienfaiteur de cet imposant édifice. La rumeur publique affirmait que l'homme correspondait avec d'autres alchimistes de par le monde ; surtout des Arabes de Séville et des Juifs d'Orient, détenteurs du secret de la « pierre philosophale » qui transmue les métaux en or.

Ces liens mystérieux et privilégiés entre Occidentaux, Arabes et Juifs faisaient depuis des siècles de cette Place un tremplin entre différentes civilisations ; une secrète zone d'entente dont Maxime, plus tard, devait se souvenir.

L'Église fut ensuite rebâtie par Louis XII, consolidée par François Ier. Détruite, en 1797, par la Révolution, sa Tour fut rachetée par un démolisseur qui la loua à Dubois, l'armurier. Ce dernier, astucieusement, fit tomber du haut, goutte à goutte à travers un crible, du plomb en fusion qu'il recueillait dans de larges baquets. L'affaire se révélant fructueuse profita à deux générations d'héritiers.

Maxime surveilla en détail la construction du Manège, choisissant chacun de ses éléments. Cherchant à le décorer « à l'ancienne », il scruta la qualité des bois, le tain des sept miroirs ovales, l'entrelacement des guirlandes, l'arrondi de la coupole. Il décida du coloris – l'un sur tout le corps, l'autre aux crins et aux extrémités – des robes composées des douze chevaux. Le treizième serait blanc, avec une crinière, des brides et des sabots cuivrés. Il n'opta que pour un seul véhicule : un carrosse, digne de celui du Chat botté, avec deux banquettes en velours cramoisi. Il exigea une mécanique parfaite et de tout repos.

L'État lui loua une bonne surface, au sud-ouest de la petite Place. Le forain s'y installa, s'y implanta, comme si ce jardinet et sa Tour de cinquante-deux mètres faisaient dorénavant partie de son patrimoine.

Les premiers jours, il s'y promena en propriétaire. Admira la restauration des pierres ; s'arrêta au bas des statues, debout dans leurs niches : l'Aigle de Saint-Jean, le Bœuf de Saint-Luc, le Lion de Saint-Marc. Depuis 1891 – il venait de l'apprendre – le service météorologique utilisait cette Tour comme observatoire, qui ne pouvait être visitée sans autorisation spéciale. Le forain en éprouva une soudaine fierté, son domaine s'étant comme agrandi du côté des astres, il se trouvait associé à une part d'étoiles et de firmament !

Les deux premières années furent radieuses ; le forain se persuada que, de toute éternité, ce lieu, cette place, les avaient espérés, attendus, son Manège et lui.

Au départ, tout lui réussissait. Fillettes et garçonnets accouraient, l'argent rentrait en abondance, ses conquêtes féminines se multipliaient. Il suffisait qu'il jette son dévolu sur une accompagnatrice d'enfants, une étudiante de passage, une commerçante du quartier, pour aussitôt aboutir à un rendez-vous.

Sa famille continuait de l'ignorer, elle ne lui manquait guère. Trouvant son comportement stupide et suranné, il se délivra du même coup des contraintes dominicales, et de ces interminables repas à l'occasion des fêtes laïques, ou religieuses dont elles n'avaient que le nom.

À la troisième année, les difficultés apparurent. Le bien-être peu à peu se dissipa.

La crise mondiale se développait, sa dette se faisait plus lourde. Tracasseries et corvées se multiplièrent. Les femmes devenaient lointaines. La graduelle désaffection des enfants compléta l'affligeant tableau.

Les derniers six mois avaient été particulièrement ardus ; les soucis affluaient comme marée montante. Le découragement s'était saisi de Maxime, il négligea son entreprise, il ne se soucia plus de sa propre personne.

Les cycles du Manège le plaçant, avec une régularité de métronome, face à l'un des sept miroirs, ceux-ci lui renvoyaient impitoyablement son image. Il avait quarante-quatre ans, il en paraissait dix de plus. Sa silhouette était pesante, ses épaules se voûtaient, son pull noir et mité ne dissimulait plus son ventre rebondi et flasque ; ses joues étaient molles, ses yeux presque inexistants, sa plaisante calvitie prenait un aspect cireux, lugubre.

Même les regards des femmes s'étaient transformés ; lorsqu'ils croisaient le sien, ils demeuraient éteints, indifférents. En revanche, Maxime récoltait la sollicitude et les sourires coopératifs des vieilles dames. Leurs clignements d'yeux, leurs mots de sympathie – semblant lui indiquer qu'elles le considéraient déjà comme quelqu'un de leur âge – le faisaient frémir.

De plus en plus tôt, le forain recouvrait son installation d'une bâche grisâtre avant de repartir, abattu, désenchanté, vers son logement du douzième.

Il s'appliquait, à présent, à faire de misérables économies, qui ne renflouaient guère son entreprise. Pour diminuer les frais d'électricité, il n'alluma plus les lampions ; il n'acheta plus de cassettes, remettait sur son électrophone des rengaines usées qui avaient disparu de tous les « top » en renom. Durant les congés scolaires, il renonça à embaucher une aide. Il élimina les bâtonnets en bois, la multitude d'anneaux suspendus à leur morceau de bois ; et par suite, les friandises distribuées aux vainqueurs.

Maxime éprouvait de la satisfaction à punir, de cette manière, ces gamins pourris par la télévision ; à sanctionner ces gosses d'aujourd'hui, de plus en plus gâtés, de moins en moins innocents, que les manèges avec leur danse giratoire, leurs chevaux éternellement bondissants, leur carrosse ciselé, ne faisaient plus rêver ! Régulièrement il se félicitait d'être demeuré sans « marmaille ».

Lésinant, mégotant – comme l'avait fait toute sa lignée familiale, sans que jamais son patrimoine ait prospéré – il retrouvait, à travers ces manœuvres étriquées, une tradition d'épargne et de prévoyance qui, jusque-là, lui avait fait défaut. Restrictions, calculs éveillèrent en lui d'ancestrales habitudes qui le rassuraient. Il devint mélancolique, aigri, parcimonieux ; se cuirassa dans des sentiments amers.

Rejoignant l'autre part de sa nature – plus réaliste, plus routinière – Maxime se surprit à téléphoner à sa famille pour se faire inviter. Il s'y rendit un dimanche.

Celle-ci eut d'abord le triomphe modeste. Mais, tandis que le forain détaillait ses ennuis, relatait sa déconfiture, ils l'assaillirent soudain de conseils et de remontrances :

— On t'avait pourtant prévenu ! Ton Manège a été ton « démon de midi » ! Il faut t'en débarrasser. Retrouveras-tu ton ancien poste ? Tu n'es pas vieux, mais tu n'es plus très jeune non plus. De nos jours tout ça est pris en compte...

Maxime se rallia à leurs points de vue. Il revendrait.

Un fabricant d'automobiles électriques venait de lui faire une offre. Ce dernier confectionnait des pistes magnétisées pour de nombreuses foires et des parcs d'attraction ; sa « Formule I » connaissait un succès croissant. Il s'agissait de petits véhicules multicolores qui se cognaient dans un vacarme assourdissant, leur collision provoquant une explosion d'étincelles. Une musique tonitruante montait de plusieurs batteries à la fois ; tout autour une couronne de lampes au néon s'allumait, s'éteignait à un rythme d'enfer.

Pour conclure l'affaire, l'acheteur arriva en Ferrari conduite par un chauffeur à casquette, et se dirigea vers la petite Place située à un carrefour enviable et très commerçant.

Il faisait chaud, l'homme tomba la veste. Il portait une chemise en soie, couleur saumon ; avec des initiales brodées sur la poche extérieure. Il avait des ongles manucurés, des lunettes à monture d'écaille. Il ne ferait pas de cadeau au forain.

De son côté, celui-ci s'efforcerait de tirer le meilleur prix de ce qu'il n'appelait plus qu'« un caprice, une marotte ».

Il en voulait au souvenir de son oncle Léonard, au cerf-volant voué au naufrage. Il prit en grippe ces stupides chevaux de bois aux sourires immuables ; ce carrosse au prix exorbitant dont les dorures s'écaillaient. Il se détourna de cette série de miroirs, cerclés de guirlandes, qui lui rejetaient une image de perdant.

Maxime ne songea plus qu'à se débarrasser de ce Manège qui avait absorbé cinq ans de sa vie !

Avec l'acheteur, la discussion avait été âpre. Elle n'avait pas encore abouti.

Le lendemain à sa sortie du métro, Maxime s'approcha du Manège en traînant les pieds et en maugréant.

Il souleva la pesante bâche, la replia au fur et à mesure, grommela à la pensée qu'il faudrait épousseter tout cet attirail, huiler tous ces essieux.

À la fin du parcours, il découvrit, avec exaspération, le carrosse.

Là, à l'intérieur, il aperçut soudain – tapi sur la banquette rouge, couché en chien de fusil – un gamin, un vagabond aux pieds nus qui sommeillait tranquillement.

Stupéfait, puis saisi d'une insurmontable fureur, le forain se rua sur la portière. Il la tira si violemment à lui qu'elle faillit lui rester entre les mains.

— Dehors, sale môme ! Dehors ! hurlait-il.

Réveillé en sursaut, l'enfant se redressa, se frotta les yeux.

— Dehors ! J'ai dit : dehors !

Sous le feu de cette colère, de ces vociférations, le gamin demeura pétrifié, sur le qui-vive.

— Dehors ! Dehors ! tonnait la voix.

Suffoquant de rage, ne trouvant pas d'autres mots, Maxime plongea son bras droit au centre du carrosse et agrippa l'enfant par son tee-shirt bleuâtre. L'arrachant à sa banquette, il le souleva, lui faisant franchir le seuil de la portière béante, le balançant ensuite par-dessus la plate-forme ; et dans un vol plané, l'exaspération redoublant sa force, il le fit atterrir sur le terre-plein, les cheveux hirsutes, les pieds nus.

L'enfant vacillait sous le choc. Il exécuta un ou deux pas de côté, attendant que ses jambes s'arrêtent de trembler, avant de faire face au forain. Puis, sur un ton dont il s'efforçait de chasser toute panique :

— J'étais venu faire un tour de piste. Il n'y avait personne, alors, en attendant...

— De qui te moques-tu ? coupa Maxime. Un tour de piste, en pleine nuit ?

La nuque redressée, les pieds soudain d'aplomb, la voix raffermie, l'enfant fit encore un pas en direction du forain :

— Chez nous, c'est toujours la nuit.

— Où ça, chez vous ?

L'autre se figea de nouveau.

— Tu ne veux pas me répondre ?

Maxime attendit, regagnant son souffle. Mais, le fixant de son regard lointain, le gamin gardait les lèvres serrées.

— Je m'en fous de savoir d'où tu viens ! Je sais que fagoté comme tu l'es, sans chaussures, avec ta tête de...

Soudain, en pleine tirade, il s'aperçut qu'à la place du bras gauche de l'enfant, il n'y avait que du vide ! Rien qu'un moignon tuméfié, pointant hors de sa chemisette en coton.

Le forain s'arrêta net, interrompant ses invectives.

Le vieux Joseph glissa, autour de l'annulaire de son petit-fils, la bague surmontée du scarabée couleur sable.

— La bague de ton père, elle est pour toi. Porte-la toujours, je l'ai fait resserrer à ton doigt.

S'efforçant de sourire, il serra l'enfant contre lui, caressant sa nuque. Il ne parvint pas, durant quelques secondes, à décoller son corps du sien.

Il le confia ensuite à un passager ami. Ce dernier rejoignait sa famille, installée depuis plusieurs années de l'autre côté de la Méditerranée.

Tous deux prendraient le même cargo qui les débarquerait à Chypre. Ensuite, ils gagneraient Paris par mer et par chemin de fer, les moyens les plus économiques. Le trajet devait prendre entre cinq et sept jours.

Gare de Lyon. Fin mai 1987. Plein midi.

Un soleil novice explosait dans un ciel qui avait, jusqu'ici, boudé la belle saison. Il se répandait, fourmillait au-dessus de la ville, transperçait les verrières du hall ; illuminait les locomotives et les wagons, faisait scintiller les rails. Sous cette flambée de lumière, même le souvenir des nuages, avec cette couleur cendre dont ils badigeonnent visages et pierres, s'effaçait. Enjambant un printemps moisi, le temps se surpassait. L'été s'annonçait triomphal.

Au bout du quai d'arrivée du train de Marseille, Antoine et Rosie Mazzar – l'œil en éveil, le cœur accéléré – attendaient l'enfant.

— Tu crois qu'on le reconnaîtra, le jeune cousin ? demanda-t-elle.

Depuis quinze ans, dès le début de cette insaisissable guerre, à la fois civile et fomentée du dehors, le couple vivait à Paris. D'innombrables, d'impénétrables conflits ligotaient leur petite patrie, la bouclant dans une ratière dont personne n'entrevoyait la sortie. Antoine et Rosie n'y étaient jamais retournés.

Le modeste héritage d'un vieil oncle naturalisé – dont l'émigration datait du siècle dernier – leur avait permis d'acquérir une blanchisserie. Tous deux frisaient la cinquantaine. Leurs affaires se portaient bien.

Jadis, au pays, vendeuse dans une boutique de colifichets, alléchée par le luxe ambiant, prenant modèle sur les « femmes du grand monde » dont la description des toilettes et des réceptions emplissait les pages des magazines, Rosie avait eu une jeunesse imprévoyante et frivole. Amoureux et jaloux, Antoine lui reprochait son insouciance et ses coquetteries.

Dès l'arrivée en France suivie de l'achat de la boutique, elle assuma son rôle de « patronne » avec assurance et sens des responsabilités. Rosie changea d'allure, arbora un chignon tissé de cheveux blancs, qu'elle refusait de teindre ; se vêtit de robes aux tons neutres recouvrant ses mollets, de bas sombres accompagnés de chaussures à talons plats. Son époux remarqua, avec satisfaction, qu'elle se conformait, de plus en plus, à l'image de sa propre mère : dévouée, parfaite cuisinière, gestionnaire ordonnée.

Mais, très vite, il se détourna de son austère épouse pour s'éprendre de Claudette, la jeune femme, juchée sur des talons aiguilles, accoutrée de jupes courtes et virevoltantes, parée de colliers clinquants et de longs pendentifs émaillés.

Celle-ci venait à la boutique deux fois par semaine. On lui confiait un lot de vêtements – appartenant à la clientèle de la blanchisserie – qu'elle emportait à domicile pour exécuter les retouches et les travaux indiqués.

Les jours de sa visite, Antoine se débrouillait pour demeurer dans les parages. Émoustillé par la présence de Claudette, il ne parvenait pas à cacher son trouble. Sa femme se renfrognait, s'efforçait de ne rien laisser paraître de son agacement dans la crainte de déchaîner la colère de son époux. Il l'avait prévenue, suite au dernier contrôle médical où le médecin lui avait trouvé une tension trop forte, qu'il lui fallait dorénavant ménager son cœur, vulnérable et en péril à la moindre contrariété.

Rosie ne pouvait tabler que sur l'arrivée du petit cousin pour modifier la lente dégradation. Sa présence obligerait Antoine à se conduire en parent sérieux ; à garantir à l'enfant une atmosphère respectable.

— Sûrement qu'on le reconnaîtra, répondit Antoine à la question de sa femme. Depuis sa naissance, ça fait bien onze ans, nous n'avons jamais manqué de photos. Ta cousine Annette y veillait !

La foule, quittant le train en masse, recouvrait tout le quai ; avançait en rangs serrés, à grande vitesse, vers les sorties. Rosie et Antoine craignaient de rater l'arrivée de l'enfant ; mais lui les cherchait aussi. Il portait, suspendue autour du cou, une pancarte avec les noms des époux Mazzar inscrits en lettres capitales.

— Joseph ! Joseph ! Par ici ! s'écrièrent-ils ensemble en l'apercevant.

D'un geste, l'enfant se débarrassa de sa pancarte et s'élança vers eux.

— Tante Rosie ! Oncle Antoine !

Soudain frappés de stupeur, ceux-ci reculèrent d'un même pas.

L'enfant s'immobilisa à son tour :

— Oncle Antoine ?... Tante Rosie ?... C'est vous ?

Dépassant la courte emmanchure, ils venaient de découvrir le moignon. La vue de cette chose mutilée, incongrue, leur avait donné un haut-le-cœur. Ils restaient là, abasourdis, figés sans rien trouver à dire.

L'enfant, qui venait de comprendre la raison de leur repli, prit les devants. Se dressant sur la pointe des pieds, il étendit, puis enroula son bras valide autour du cou de la femme, ensuite de l'homme, les amenant – l'un après l'autre – jusqu'à lui, pour les embrasser.

Rosie eut juste le temps de glisser à l'oreille d'Antoine :

— Le vieux aurait pu nous prévenir...

Mais soudain, saisie de honte de sa propre répulsion, elle se pencha, attira le gamin contre sa poitrine. Dans une confusion extrême, elle le serra contre elle, redoublant de ferveur. Elle embrassa ensuite ses cheveux, ses joues, en murmurant :

— Mon petit, cher petit...

De nouveau, sous ses lèvres, elle éprouva une sensation étrange : un vide, un creux, à l'emplacement de la pommette droite. Sans en avoir l'air, elle examina l'endroit que sa bouche venait d'effleurer. Il ne pouvait s'agir que d'un éclat de mitraille ; l'extraction avait laissé une cicatrice apparente, un renfoncement.

De l'autre côté de la Méditerranée, c'était toujours l'enfer. Qu'y pouvaient-ils ? Ils s'efforçaient de ne plus y penser.

Mis à part ces mutilations, l'enfant était beau. Sa chevelure brune formait un casque de boucles serrées épousant une tête bien ronde. Il avait le nez droit, des narines palpitantes, finement dessinées ; des yeux noirs et luisants comme des olives. Ses épaules étaient fermes, larges, ses jambes musclées ; il respirait la santé. Sa peau avait absorbé de larges tranches de soleil. Toute sa personne rayonnait d'un indéfinissable éclat.

Ce corps tronqué, ce visage meurtri avaient, semblait-il, laissé l'âme indemne, vivace.

— Mon petit, mon petit, reprenait Rosie.

Au bord des larmes, elle pressait toujours le gamin contre elle, comme si elle cherchait à le faire entrer dans ce ventre qui n'avait jamais porté d'enfant.

Toute sa chair s'émouvait, palpitait d'une fibre jusqu'ici inconnue. Le plaisir d'une effusion maternelle lui avait-il manqué à ce point ? Au milieu de la foule qui défilait et du vacarme persistant de la gare, à deux pas d'Antoine qui trouvait le temps long, Rosie persistait dans ses caresses, remuait ses doigts dans l'épaisse chevelure.

L'enfant en éprouva, lui aussi, du réconfort. L'absence de sa mère, de la douceur de ses bras, lui revint en mémoire. Depuis un an, il habitait seul, avec son grand-père.

— Joseph, mon petit Joseph !...

— Je ne suis pas Joseph, murmura-t-il. Je m'appelle : Omar-Jo. Tante Rosie, je m'appelle : Omar-Jo.

Submergée par l'émotion, elle ne l'entendit pas. Se berçant de ses propres paroles, elle répétait l'enivrante rengaine :

— Mon enfant, mon petit, mon Joseph chéri...

Cette fois, il se dégagea de son étreinte, se planta carrément devant ses deux cousins et déclara d'une voix claire :

— Mon nom c'est : Omar-Jo.

Ils n'eurent d'abord aucune réaction. L'enfant insista :

— Je m'appelle Omar-Jo. Omar, comme mon père. Jo, comme mon grand-père Joseph.

Le temps écoulé, l'éloignement, avaient gommé les événements du passé. Rosie venait de se souvenir de ce « malheureux mariage » ; c'est ainsi que sa famille désignait l'union de « la pauvre cousine Annette ». À cette pensée, à celle de ses strictes convictions religieuses, elle se raidit. Antoine, dont la foi se limitait à un esprit de clan, se sentait contrarié lui aussi. À quel dogme, à quelle croyance, à quelle société, appartenait cet étrange enfant qu'il comptait faire le sien ?

— De quelle religion es-tu, petit ?

— De celle de Dieu, répliqua l'enfant.

— Qu'est-ce que tu veux dire ?

— De celle de ma mère et de celle de mon père... De toutes les autres, si je les connaissais.

Rosie rompit son silence :

— Tu sais bien que la vraie religion...

— Si Dieu existe..., reprit l'enfant.

— Si Dieu existe ! s'effara Antoine qui n'accomplissait aucun de ses devoirs religieux, mais que le statut de chrétien, fils de l'Église romaine, rassurait.

— Si Dieu existe, reprit tranquillement l'enfant, Il nous aime tous. Il a créé le monde, l'univers et les hommes. Il écoute toutes nos voix.

L'évocation de Dieu au cœur de ce va-et-vient, de ce tintamarre, de cette pluie qui s'abattait soudain en trombes sur les plaques vitrées de la voûte, parut bizarre et déplacée aux deux époux.

— Ce n'est pas un endroit pour prononcer le nom du Seigneur, déclara Rosie. Rentrons.

— Dieu est partout, murmura l'enfant cherchant, en vain, un signe d'approbation sur l'un ou l'autre visage.

Sa cousine venait de le saisir par sa seule main et l'entraîna, à la suite de son époux, vers le parking.

Les rapports avec l'enfant se présentaient moins harmonieusement qu'elle ne l'aurait espéré. Ils auraient à faire front à « une forte tête ».

Le couple quitterait bientôt son deux-pièces, pour s'installer dans une tour du treizième arrondissement. Le nouvel appartement – choisi sur plan, acheté à crédit – serait plus spacieux que celui-ci. L'enfant y aurait sa propre chambre.

Omar-Jo se défit, habilement, de son sac à dos. Il en extirpa des sachets de coriandre, de menthe séchée, de cannelle, de café moulu à la turque ; et même une bouteille d'arak, enroulée dans une feuille de carton ondulé.

— Grand-père vous envoie tout ça !

Rosie avait préparé des feuilles de vigne avec des pieds de mouton, du fromage blanc assaisonné d'huile d'olive, pour ne pas dépayser l'enfant. Elle lui avait également confectionné des gâteaux fourrés de pistaches et saupoudrés de sucre. Il mangea avec appétit.

Omar-Jo se servait et maniait son couvert avec dextérité. Il éplucha une pêche avec ses dents, proposa de faire la vaisselle, puis le café :

— J'en ai l'habitude, même avec un seul bras !

Il faisait allusion à ce vide, tout naturellement, cherchant à les mettre à l'aise.

Au dessert, il raconta des anecdotes sur son village, sur sa vie avec son grand-père, dont il partageait l'existence depuis l'accident.

Parlerait-il de la journée tragique ? Celle qui l'avait obligé à quitter la ville pour se réfugier, à la montagne, auprès du vieux Joseph ? Antoine et Rosie étaient avides d'en connaître les détails ; mais ils n'osèrent pas replonger l'enfant dans l'horreur de ces souvenirs.

— Nous t'avons inscrit à l'école pour la rentrée. Ce n'est pas loin, tu pourras y aller à pied. Tante Rosie te montrera le quartier.

— Sauras-tu te débrouiller ? demanda celle-ci.

D'un geste espiègle le gamin s'empara du stylo dont le capuchon débordait de la poche d'Antoine, tira du fond de la sienne un carnet, à moitié rempli, traça sur une page blanche, en belle calligraphie, son nom en arabe et en français.

Après le repas, ils lui présentèrent les nombreuses photos de famille. Celles-ci étaient placées en divers endroits, sur des napperons en dentelle, dans des cadres de différents formats.

— Tu te reconnais ? Ici dans les bras de ta mère Annette. Là avec le vieux Joseph. Avec tes cousins Henri, Samir ; avec ta cousine Leila. À ton anniversaire de huit ans...

Il chercha des yeux une image de son père Omar ; mais n'en découvrit nulle part.

Étourdiment Rosie lança :

— Le jour de l'accident, c'est bien ton père qui a voulu traverser la ligne de démarcation, entraînant la pauvre Annette avec lui ?

L'enfant se tut. Il paraissait ailleurs, hors d'atteinte. La soirée se termina comme elle pouvait.

Depuis quelques semaines, la ville avait retrouvé sa paix. La population, une fois de plus, se persuadait que la tourmente avait pris fin, que la concorde allait se maintenir.

C'était un dimanche après-midi. Il faisait chaud. Cela sentait la poussière et la moiteur de l'air marin.

Omar portait un blue-jean foncé, une chemise à carreaux beiges au col entrouvert. Annette avait revêtu sa robe d'été à fleurettes orange, terminée par trois volants. Elle ne portait pas de bas ; la couleur de ses chaussures en toile capucine se mariait avec les tons de son vêtement.

— Si nous allions nous promener, Omar ? suggéra-t-elle.

— Oui, allons nous promener.

Ils étaient d'accord, presque toujours. Omar-Jo en éprouvait un sentiment de bien-être qui amenuisait, assourdissait, les scènes de violences qui se succédaient, depuis plus de douze ans, à l'extérieur.

L'enfant se souvenait de tout.

Il pouvait, à chaque instant, revivre la scène en son entier. Il pouvait, à chaque seconde, comme pour de vrai, pénétrer dans la pièce inondée de soleil qui donne sur l'étroit balcon ; se glisser entre son père et sa mère, les frôler, se frotter aux jupes d'Annette, se suspendre aux épaules d'Omar ; entendre leurs voix, leurs rires.

Écouter leurs rires... En dépit des risques quotidiens, des dangers de toute nature – même leur statut était critique – ils riaient, beaucoup, ensemble.

Ce matin-là, leurs visages si jeunes, si proches se reflétaient dans le miroir rectangulaire du living. Omar entourait de son bras la taille de sa femme, puis il l'embrassait sur la joue.

Omar-Jo se tenait accroupi sur le sol. Il dessinait. Il avait choisi de rester à la maison.

— Nous te rapporterons une glace. Quel parfum veux-tu ?

— Du chocolat. Le grand cornet.

— Le plus grand !

Ils disparurent la main dans la main, laissant, derrière eux, la porte entrouverte.

Omar et Annette ont cinq étages à descendre ; l'immeuble n'a pas d'ascenseur.

Tout en continuant de colorier sa page, Omar-Jo entend distinctement leurs pas sur le carrelage. Au fur et à mesure qu'ils s'enfoncent, leur rythme s'accélère. Il devine le double saut qu'ils exécutent, comme d'habitude, par-dessus les trois dernières marches donnant sur chaque palier.

Il imagine leur course, leurs enjambées. On les dirait assoiffés de mouvement, attirés par le dehors. Ils vont de plus en plus vite, ignorant la rampe, dévalant joyeusement les étages, s'élançant à la rencontre de ce qui les attend.

Omar-Jo se demandera toujours pourquoi il a subitement rejeté ses crayons de couleur ? Pour quelle raison il a couru vers le balcon pour leur crier qu'il avait brusquement changé d'avis ; qu'il voulait, à présent, les rejoindre.

— Ouh ! Ouh ! Papa, maman ! Je viens.

Ils ont quitté le seuil de l'immeuble ; ils entendent son cri, l'aperçoivent, l'appellent à leur tour :

— Descends vite. On t'attend !

Ses sandales à la main pour ne pas perdre une seconde, il se précipite, pieds nus, dans l'escalier.

Parvenu au bas des marches, Omar-Jo s'était accroupi pour remettre ses sandales.

Il en chaussa une. Une seule.

Une violente explosion déchira l'air ; suivie d'une autre déflagration qui fit trembler toute la bâtisse.

La seconde sandale à la main, l'enfant se rua vers l'extérieur.

— Écoute..., reprit le forain, s'efforçant de retrouver son calme peu après la découverte de l'enfant amputé. Avec tes pieds nus et sans un sou en poche, je ne t'aurais jamais laissé monter dans mon Manège. Ni de nuit, ni de jour !

— Mes chaussures sont dans ton carrosse, riposta l'enfant. Il faut me les rendre.

C'en était trop !

— M'en débarrasser, tu veux dire ! Et toi, avec ! Toi et ta vermine, allez ouste, hors d'ici au plus vite.

— De la vermine, je n'en ai pas ! Jamais eu ! Regarde.

Il s'approcha, secoua son abondante chevelure noire, glissa son unique main dans la masse bouclée.

— Dis-moi si tu trouves un seul pou là-dedans ?

— Tire-toi ou j'appelle la police !

— La police ! Pourquoi la police ?

L'enfant se tenait droit, dans une posture assurée et calme. D'un coup d'œil il avait jaugé l'individu qui lui faisait face. Derrière ses injures et son irritabilité, l'homme lui parut fragile, sensible ; et même compatissant.

À cause de tout ce qu'il avait vécu dans sa patrie détruite, Omar-Jo avait acquis, malgré son jeune âge, une exacte perception des humains ; un jugement sur l'existence et sa précarité qui le rendait à la fois lucide et patient.

— Pourquoi « tire-toi » ? Pourquoi « la police » ? Pourquoi me parles-tu avec ces mots-là ? On pourrait s'arranger, s'entendre, toi et moi.

— S'arranger ? Comment veux-tu qu'on s'arrange ?

Toujours au pied du Manège, Maxime examinait le gamin, cherchant toutefois à éviter ses yeux qui tentaient de rencontrer les siens. Dans son esprit il l'associa aux jeunes délinquants de six à quatorze ans qui se faufilent dans le métro, les grands magasins ; à ces voleurs à la tire, capables aussi de trafics plus pernicieux. « De la graine de criminels ! » aurait soutenu la famille.

Que le galopin ait perdu un bras n'était pas une raison pour tout excuser ! Dieu sait au cours de quelle rixe de gangs, de quelle équipée de petits malfrats, l'accident avait eu lieu ?

— Mes chaussures ! Je voudrais mes chaussures, réclama l'enfant d'une voix tranquille.

Maxime grimpa sur la plate-forme du Manège, se dirigea vers le carrosse, dont la portière était restée ouverte ; aperçut la paire de baskets, bien alignées sous la banquette.

Au moment de les empoigner, il recula, prit l'air dégoûté et brailla :

— Viens les chercher toi-même, tes sales godasses !

L'enfant ne se fit pas prier. D'un bond, il atterrit sur le Manège, à deux pas du forain.

Cette fois, celui-ci remarqua, sur sa pommette droite, un carré de peau rafistolée au-dessus d'un creux. La joue avait, sans doute, été transpercée par une sorte de lame. Cette constatation confirma ses soupçons : le gamin devait faire partie d'une dangereuse bande de voyous. La méfiance de Maxime redoubla.

Durant ce laps de temps, l'enfant enfilait ses baskets, en nouait les lacets, tout en cherchant toujours les yeux de son interlocuteur.

— Je n'ai pas d'argent, mais je veux rembourser ma nuit dans ton carrosse.

— Me rembourser ? Comment ça ?

— Utilise-moi, tu ne le regretteras pas.

— T'utiliser ? Avec ton seul bras, à quoi peux-tu servir ?

Sans sourciller, l'enfant reprit :

— Je nettoierai ton Manège, je le ferai briller. J'en ferai un vrai bijou !

Il attendit quelques instants, avant d'ajouter :

— Tous mes services, je te les offre : gratis !

Sentant qu'il touchait là un point sensible, il insista :

— Tu m'entends : GRATIS !

Maxime jeta un coup d'œil en direction de la cabine en bois qui renfermait le tiroir-caisse ; il y laissait toujours une petite somme d'argent. Peut-être que le garnement en avait forcé la serrure ? Sans en avoir l'air, il s'y dirigea, remua plusieurs fois la poignée. Tout paraissait en ordre, indemne.

L'enfant, qui avait compris la manœuvre, se carra sur ses jambes et retourna d'un coup les poches de son pantalon kaki qui lui arrivait aux genoux. Leur contenu se déversa aux pieds du forain : chewing-gum, pointe Bic, trois crayons de couleur, un carnet, un canif, de la menue monnaie, un mouchoir en boule, quatre billes en verre...

— Je ne t'ai rien pris. Je ne suis pas un voleur.

— C'est bon, c'est bon, reprit Maxime gêné. Ramasse tout ça, et va-t'en.

L'enfant se baissa, recueillit d'abord les piécettes, les lui montra :

— Elles ne sont pas d'ici, elles sont de chez moi. Elles ne valent plus rien, juste le souvenir.

— Ça va, ça va..., maugréa le forain, jetant un coup d'œil furtif sur cette monnaie étangère dont il ne distinguait pas l'origine.

Le gamin ramassa le reste ; puis les quatre billes d'agate qu'il exposa dans sa paume ouverte :

— Choisis. Il y en a une pour toi.

— Qu'est-ce que j'en ferai ? Allons, range ça.

— Tu n'as jamais joué aux billes ?

— Mais si, mais si...

— Alors, fais comme moi, garde-la en souvenir.

Entre le pouce et l'index, Maxime saisit avec précaution la plus coloriée des quatre, avec sa torsade orange et vert au centre. Elle lui rappelait l'ancienne bille, avec laquelle il gagnait toujours.

Jadis, dans un grand bocal, le jeune Maxime collectionnait des petites boules d'acier et de verre de différentes dimensions.

À plus de quatre-vingts ans, Ferdinand Bellé l'entraînait dans sa quatre-chevaux pour « faire les courses en ville » et le récompensait en lui offrant chaque fois une bille au retour.

Coupant court à toutes les objections de son épouse – qui avait vingt ans de moins que lui et qui tremblait de le voir au volant – il quittait la maisonnette provençale aux tuiles rondes, accompagné de Maxime, le fils des voisins.

Des bicoques – en planches de bois mal jointes, ou en pierres mal équarries – s'accolaient, comme des verrues, à l'étroite bâtisse, la prolongeant de chaque côté. Posé à flanc de colline, le logis des Bellé ressemblait, de loin, à ces masures de sorcières qui illustrent les contes d'enfants.

Cette maisonnette aux formes erratiques avait vue sur la montagne Sainte-Victoire. « La Montagne de Cézanne », déclarait Denise qui venait de prendre sa retraite de l'enseignement.

Dès qu'il s'installait dans sa voiture, l'âge quittait Ferdinand Bellé, les années lui tombaient des épaules. Il pouvait ne plus compter sur ses jambes pour le soutenir ; sa vue s'accommodait, ses mains cessaient de trembler. Il se laissait bercer le long des chemins de campagne. Il prenait ensuite les tournants sur l'aile, s'abandonnant à un sentiment de puissance qui le ranimait, avant de se lancer sur l'autoroute pour rejoindre les files d'automobilistes dans leur exaltant instinct migrateur.

Au retour, touchant terre, Fernand retrouvait l'évidence et recouvrait son écorce de vieillard. Sa longue colonne vertébrale se voûtait, ses doigts effilés pianotaient, inutilement, dans l'air ; ses pantalons trop larges flottaient sur des jambes-fantômes ; son visage trop maigre semblait n'offrir qu'un profil.

Le dernier tronçon du sentier s'arrêtait à quelques mètres de la maisonnette ; il fallait abandonner le véhicule, faire le reste du chemin à pied.

Suivi du vieil homme haletant, l'adolescent gravissait la pente, chargé de toutes les marchandises.

La rétribution ne se faisait pas attendre. Le bocal fut bientôt rempli à ras bord. Pour faire usage de toutes ces billes, l'enfant se mit à en pratiquer les jeux. Il en devint, bientôt, le champion incontesté.

Quelques années plus tard, Ferdinand Bellé, veuf et toujours vivant, continuait de recevoir la visite de Maxime. La passion des billes avait cédé la place à celle des boules. Tous deux rejoignaient ensemble les équipes de boulistes du village le plus proche.

Ferdinand était presque aveugle. Déplaçant le cochonnet, les joueurs s'accordaient, parfois, pour le laisser gagner. Ne mettant jamais en doute sa propre victoire, le vieillard se laissait applaudir avec délices.

C'étaient de longues et joyeuses parties arrosées de pastis.

Le chant des cigales s'amenuisait. Le bleu minéral du ciel se dissolvait dans les teintes fruitées du soir.

— Alors, demanda Omar-Jo, qu'est-ce que tu dis de ma proposition ?

La mémoire toujours encombrée du souvenir de ses propres billes, le forain empocha celle au cœur torsadé, qu'il tenait encore entre ses doigts :

— Quelle proposition ?

— Tu m'utilises sur ton Manège.

Évitant de répondre, Maxime cherchait à en savoir plus sur l'étrange garnement. Il montra du doigt le moignon, puis le renfoncement au sommet de sa joue :

— Qu'est-ce qui t'a fait ça ?

— Un accident, reprit l'enfant peu disposé à des confidences.

— Tu fais partie d'une bande ?

Là-bas aussi, il existait des bandes : mobiles, dangereuses, toutes armées. Des groupes insaisissables, impossibles à contrôler.

— Moi, je ne fais partie de rien.

Il avait une façon bien à lui de relever la tête, sans arrogance, mais comme pour définir son territoire, pour en fixer l'infranchissable limite.

— Si je t'emploie, il faut quand même que je sache d'où tu viens ?

— Je ne te demande pas d'où tu viens, répliqua l'enfant.

Il dévisagea son interlocuteur, s'attardant, comme chaque fois, sur les yeux, cherchant le fond du regard, ajouta :

— Un homme qui aime son Manège, je n'ai pas besoin de savoir d'où il vient. Il est de ma famille.

— De ta famille ? Où est-ce que tu vas chercher ça ?

— Pas la famille du sang, mais l'autre. Parfois ça compte beaucoup plus. On peut la choisir.

— Tu veux dire que tu m'as choisi ?

— Oui, maintenant je te choisis !

— Il faudrait que ce soit réciproque, tu ne penses pas ?

— Ça le sera.

Les derniers temps avaient été si ternes, si déprimants, le forain prit subitement plaisir à cet échange provocant. Il se courba en deux, salua avec drôlerie l'ébahissant gamin :

— Très flatté de votre choix. Sincèrement, très sincèrement, je vous en remercie jeune homme !

L'enfant l'aidait à présent à replier la bâche ; puis à la fourrer sous la plate-forme dans une espèce de niche en bois.

— Ça fait longtemps que tu rôdais autour d'ici ?

— Plus d'un mois.

— Je ne t'ai jamais vu !

— Tu ne vois personne, je l'ai remarqué.

— Tu m'observais ?

— Parfois tu as l'air si fatigué, si triste.

— Tu n'as jamais fait un tour sur mon Manège ?

— Jamais.

— Tu manques d'argent ?

— Pour le moment, j'en manque.

— Tu as un domicile au moins ?

— Pas loin d'ici.

— Une famille ?

— J'habite chez des cousins de ma mère. Ils vivent à Paris depuis quinze ans.

— Ils ont une carte de séjour ?

— Ils sont français. Naturalisés.

— Ah bon... Mais tes parents alors ?

L'enfant détourna la tête, il ne pouvait encore répondre à cette question-là. S'il prononçait seulement les noms d'Annette et d'Omar il était certain que sa bouche prendrait feu.

— Ils t'ont abandonné ?

L'enfant se raidit, le souffle presque bloqué :

— Ils ne m'auraient jamais abandonné ! Jamais.

Conscient du trouble qu'il venait de causer, le forain se reprit :

— Tu me raconteras ça plus tard. Enfin, si tu veux.

Avant l'ouverture du Manège, il lui fallait veiller à une série de tâches. Maxime s'éloigna pour s'en occuper.

Assis, les jambes pendantes au bord du Manège l'enfant contemplait la petite Place, s'interrogeait sur l'énigmatique Tour, guettait l'arrivée des promeneurs.

Il était sept heures du matin. Sauf pour quelques pigeons qui se déplaçaient, sans entrain, sur la terre battue, le square était encore désert.

L'arrivée de la vieille dame, aux pas incertains, aux jupes lourdes, au foulard mauve, modifia l'ambiance. Elle tira de son cabas un sac en papier brun pour le vider de ses graines, qu'elle éparpilla sur le sol, sur sa tête, ses épaules et dans ses paumes ouvertes.

Mystérieusement avertis de sa présence, les pigeons, tirés de leur torpeur, accouraient de toutes parts ; se multipliaient, voltigeaient, roucoulaient, picoraient.

La femme ressemblait à un vaste perchoir piqué d'ailes. Sa frimousse chiffonnée et défaite se lissait, rougissait de plaisir.

Au même moment, sur un des bancs publics, un jeune homme griffonnait sur un carnet.

Soudain, il rayait rageusement ses lignes, arrachait la feuille et la jetait. Il y en avait déjà une douzaine, roulées en boule, à ses pieds. Ensuite, il recommençait. L'angoisse, s'accroissant chaque fois, entaillait son front, crispait ses mâchoires.

Enfin, il se leva. Il arpenta, dans l'agitation, le jardinet ; avant de se diriger vers le lion de pierre grise, posé sur une plate-bande au bas de la Tour.

La statue moyenâgeuse ressemblait à un immense chat. Il le caressa, longtemps, entre les oreilles, tout au long de l'échine, et sembla retrouver – grâce à ce geste sensible et familier – un nouvel élan.

Quelques minutes après, il reprenait sa place sur le banc. Il se remit à noircir, avec fébrilité, des pages qu'il conservait, cette fois, en les détachant du carnet et en les fourrant, au fur et à mesure, dans ses poches.

Tout à leur affaire, indifférents à l'environnement comme aux frémissements de la cité qui émergeait, peu à peu, de sa léthargie, ni le jeune écrivain, ni la femme aux pigeons ne s'étaient entrevus.

Omar-Jo, lui, avait tout découvert. Il avait tout observé, tout considéré, de ce qui s'était déroulé dans et autour de ce lieu, dont il faisait déjà partie. La petite Place, avec son square, ses personnages épisodiques, sa Tour et son Manège, poursuivait, lui semblait-il, une existence autonome, en marge de la cité.

Son regard se porta, ensuite, plus loin ; sur ces passants surgis de la bouche du métro la plus proche. De plus en plus nombreux, ceux-ci, inattentifs les uns aux autres, se dirigeaient à un rythme accéléré vers leurs propres destinations.

Omar-Jo se leva, fit lentement le tour de la piste, posa la main sur le toit sculpté du carrosse. Au bout de quelques secondes, il s'adressa au forain qui s'évertuait à rafistoler l'étrier d'un des chevaux de bois :

— Ton Manège est beau. Mais moi, j'en ferai le plus beau de la ville. Le plus beau de tout le pays !

Sans attendre de réponse, l'enfant se dirigea vers la cabine, y pénétra, fouilla dans un coffre rouillé, en tira des chiffons et des produits d'entretien. Derrière le tiroir-caisse, il découvrit un plumeau, un balai. Amassant le tout, il revint sur la plateforme et se mit tout de suite au travail.

Passant du cheval gris moucheté, au noir, au fauve, à l'alezan, au bai-cerise, il frotta leurs jambes, leur poitrail, leurs flancs ; les bouchonnant comme s'ils étaient vivants. Il lustra leurs crinières et leurs queues, fit étinceler brides et rênes. À califourchon sur chaque monture il rinçait, puis curetait l'intérieur de leurs oreilles, de leurs naseaux.

— Des nids à poussière ! s'exclama-t-il à quelques pas de Maxime qui le fixait bouche bée.

Finalement, il entreprit le nettoyage du carrosse. Il balaya les lames du parquet, brossa la banquette en velours rouge sur laquelle il avait dormi ; épousseta les roues, astiqua les dorures. Avec une dextérité stupéfiante, se servant de son seul bras, l'enfant répara l'étrier, fit reluire les sept miroirs.

À la fois lui-même et plusieurs, il se projetait sans cesse d'un lieu à un autre. Maxime en avait le vertige ! Il ferma, rouvrit de nombreuses fois les yeux, se demandant s'il ne délirait pas.

Soudain, appelé par des glapissements joviaux, il aperçut l'enfant, perché sur la toiture, en train de polir la coupole écarlate.

— Descends, tu vas te casser le cou ! Descends tout de suite. S'il t'arrive quelque chose, ce sera moi le responsable !

— On le verra de partout notre toit. Même du haut du ciel !

— Quel singe tu fais ! s'écria le forain mi-grondeur, mi-admiratif, au gamin qui venait d'atterrir à ses côtés.

— Tu veux dire : « Malin comme un singe ! » riposta l'enfant, détournant aussitôt l'expression en sa faveur.

— C'est ça : « Malin comme un singe ! » Tu as réplique à tout ! Eh bien, à présent, tu vas peut-être accepter de répondre à ma question.

— À quelle question veux-tu que je réponde ?
— Comment t'appelles-tu ?
— Je m'appelle : Omar-Jo.

— Omar-Jo ?... Ça ne colle pas ensemble ces deux prénoms-là.

— Je m'appelle : Omar-Jo, insista l'enfant.

— À quoi ça ressemble ? À rien !

— C'est mon nom.

— Je t'appellerai Joseph. Ou bien : Jo, si tu préfères. Un diminutif que tout le monde reconnaîtra.

— Ne touche pas à mon nom !

La voix se fit cassante. Malgré la nature enjouée du gamin, Maxime comprit que celui-ci pouvait soudain élever un mur de résistance devant ce qui le heurtait.

— Je ne cherchais pas à te fâcher.

— Je m'appelle : Omar-Jo, reprit-il plus doucement. Omar et Jo : ensemble !

— Omar-Jo, acquiesça l'autre.

— Tu pourras, si tu veux, ajouter un troisième nom à ces deux-là.

— Un troisième nom ?... Lequel ?

— Je t'expliquerai plus tard.

« Plus tard », pensa Maxime. « Ma parole, il s'installe ! Il se croit déjà chez lui. » Le forain constata que les choses étaient déjà en place ; et que désormais son Manège ne pourrait plus se passer de l'astucieux gamin.

— Tous mes services : gratis. GRATIS ! chantonna Omar-Jo.

Il rangea à leur place chiffons, balais, produits ; et revenant vers Maxime :

— Je te ferai aussi un spectacle !

— Un spectacle ?

Sans laisser à ce dernier le temps de réagir, il se précipita de nouveau dans le réduit.

Coincé entre l'électrophone, le tiroir-caisse et l'accumulation d'objets divers, il s'attifa de tout ce qui lui tombait sous la main. Puis, il se grima en raclant les restes de quelques pots de peinture.

Maxime, qui l'observait à travers la vitre de la cabine, éprouva de nouveau un vague soupçon qu'il repoussa aussitôt. Agité de sentiments contradictoires, il oscillait, depuis l'apparition de l'enfant, entre la méfiance et la sympathie.

Il alla chercher une chaise de jardin, et revint s'installer face au Manège dans l'attente du singulier garnement. La curiosité, l'impatience du spectateur, avant le lever de rideau, le gagnait peu à peu.

L'électrophone se mit en marche. Une musique allègre et syncopée annonçait l'entrée du galopin.

Cheveux orange, joues multicolores, paupières et bouche écarlates, le plumeau ficelé à la place du bras manquant – lui donnant l'apparence d'une créature bizarre mi-humaine, mi-volatile –, en quelques pirouettes, Omar-Jo se présenta.

Il déambula ensuite entre les figures du Manège ; fit claquer un baiser sur le museau du cheval alezan, grimpa sur un autre, se dressant de toute sa taille sur la selle. Il entra, ressortit plusieurs fois du carrosse jouant, tour à tour, au monarque ou au laquais, au seigneur ou au mendiant.

Toute la piste se ranimait. Maxime se remémora ses enthousiasmes passés, ses premiers élans.

— Regarde-moi bien !

L'enfant sauta à pieds joints sur la terre battue, avança vers le forain, circula autour de son siège, les pieds à l'équerre, en dodelinant des hanches. Il traçait des moulinets dans l'espace, à l'aide d'une canne invisible ; soulevait et remettait un chapeau absent ; lapait l'air avec de brefs coups de langue.

Maxime éclata de rire.

— Quel clown !

— Je ne te rappelle personne ?

Le gamin insista, exhibant la canne et le chapeau manquants, forçant ses pieds vers l'extérieur ; terminant par une chute sur le dos, ses jambes tricotant l'air.

— Chaplin ! Charlie Chaplin ! s'exclama Maxime.

— Bravo, c'est ça !... Eh bien, ce sera mon troisième nom.

— Comment ça ?

— Omar-Jo Chaplin !

— Omar-Jo Chaplin ?... Tu n'y penses pas !

— Je ne pense qu'à ça !

Il vouait, depuis son plus jeune âge, un culte à ce « Charlot », maltraité, comme lui, par les événements et les hommes. À ce « Charlot » attelé aux malheurs, mais qui savait en divertir les autres. S'en divertir.

— Tu crois vraiment que c'est une idée ? demanda le forain.

Toute cette situation lui paraissait incongrue. De plus ces trois noms disparates – issus de pays et même de continents différents – étaient la marque d'un cosmopolitisme qui ne lui disait rien de bon.

— C'est une très bonne idée. Elle te rapportera gros.

L'enfant avait hérité de ses ancêtres – navigateurs, champions du négoce, créateurs de comptoirs de marchandises sur tout le pourtour de la Méditerranée depuis l'Antiquité – un sens aigu du commerce.

— Tu verras, je t'amènerai des foules. Je les ferai rire... Rire jusqu'aux larmes !

Il buta sur le dernier mot. « Larmes » évoquait trop de sang versé, trop de tragédies réelles, de déchirements vécus. En hâte, il se reprit :

— Je voulais dire : rire à se tordre. Ils se tordront tous de rire, tu verras !

Omar-Jo revint, jour après jour. C'était le temps des vacances, il disposait de beaucoup de liberté.

— Nous mettrons des affiches autour du square. Je les ferai moi-même, avec mes trois noms.

Les paroles de l'enfant prenaient rapidement corps, il trouvait toujours le moyen d'exécuter ses idées. Emporté par le courant Maxime se laissait faire. Ils s'accordaient sur bien des points ; décidèrent de prolonger les heures d'ouverture, achetèrent des lampions pour former une couronne scintillante autour de la coupole.

Les récompenses – sucettes et diverses friandises – avaient réapparu. Pour guider les enfants jusqu'à leurs places, les installer sur leurs montures, fixer leurs liens, Omar-Jo apparaissait parmi eux en divers déguisements. Garçons et fillettes accouraient de plus en plus nombreux ; le gamin comptait sur son futur spectacle pour qu'ils se multiplient.

Après la disparition des enfants, quelques adultes nostalgiques ne résistaient pas au plaisir de faire un tour de piste. Même Maxime se surprit, un soir, à califourchon sur le cheval bai-cerise, tandis qu'Omar-Jo battait la mesure en marchant tout autour.

— Et ta famille ? Tu m'as dit que tu avais une famille ici ?

— Ce sont des cousins : Rosie et Antoine. Ils ont une blanchisserie.

— Qu'est-ce qu'ils pensent de tout ça ?

— Ils me laissent faire. Je suis en vacances.

— Moi, je veux être en règle, je ne veux pas d'ennuis.

— Je leur demanderai de venir te voir.

Tourmentée par sa vie de couple qui ne prenait guère le chemin qu'elle avait escompté – la rupture avec Claudette ne s'annonçait d'aucune manière – Rosie décida de rechanger d'apparence, de ranimer sa coquetterie éteinte. Elle sacrifia son chignon, teignit ses cheveux blancs. Elle redécouvrit ses jambes bien galbées sous des jupes moins enveloppantes, ses seins effrontés sous des chemisiers moins amples. En peu de temps elle parvint à aguicher un jeune libraire qui apportait son linge, à laver au poids, tous les mardis.

Également absorbés par les affaires de leur commerce, Antoine et Rosie furent soulagés d'apprendre que « ce malheureux enfant traumatisé par la guerre » venait de trouver un emploi divertissant qui deviendrait, peut-être, lucratif. Omar-Jo les avait persuadés qu'après l'apprentissage, le forain le rétribuerait. Durant l'année scolaire, il continuerait de consacrer quelques heures par semaine au Manège, ainsi que les dimanches et jours fériés.

Un après-midi les cousins décidèrent d'aller voir sur place, et de faire la connaissance du forain.

Ils se congratulèrent mutuellement :

— C'est un débrouillard votre petit cousin !

— C'est vrai qu'il est beau votre Manège !

Il les trouva rassurants, convenables. Cherchant à les tranquilliser à son tour, il promit d'assurer à l'enfant tous ses repas durant ses heures de présence.

Ils se quittèrent dans les meilleurs termes.

Chaque soir, Omar-Jo et Maxime partaient dans des directions opposées pour se rendre à leurs domiciles respectifs.

Quelquefois, la soirée se prolongeant, l'enfant avait obtenu la permission de dormir chez le forain. Il s'était aménagé une couche sur le canapé de la seconde pièce.

Chaque année, au mois d'août, Antoine et Rosie retrouvaient leur cabanon aux environs de Port-Miou.

Lui, s'adonnait aux plaisirs de la pêche. Elle, faisait trempette ; puis rentrait s'occuper du ménage, de la Cuisine : écaillant, accommodant jusqu'à la nausée les poissons quotidiennement ramenés par son époux.

L'enfant avait demandé de rester à Paris.

— Il y a beaucoup de projets pour le Manège. Maxime a besoin de moi, je ne peux pas partir.

Sur-le-champ, Rosie avait acquiescé. L'éloignement de Claudette, les innombrables tête-à-tête qu'elle aurait avec Antoine seraient, pensait-elle, propices à un rapprochement.

Il n'en fut rien.

Évitant toujours le cœur du sujet, ils évoquaient leur enfance, leur passé commun, leur petit pays en transse. Prenant chacun un parti différent, ils se chamaillaient à tout propos. Ils en vinrent enfin à discuter de l'enfant ; là aussi, leurs points de vue divergeaient, ou plutôt fluctuaient : l'un prenant toujours, quelle qu'elle soit, la position opposée à celle de son conjoint.

— Ma pauvre cousine Annette ! Il aurait été préférable pour tout le monde qu'elle se marie à quelqu'un de sa propre religion, soupirait Rosie.

— À quoi servent tes regrets ! Personne n'y peut plus rien.

— Annette a tout fait de travers.

— N'accable pas cette pauvre fille.

— Quelle idée d'avoir obligé Omar à quitter l'Égypte...

— Première nouvelle : c'est la première fois que j'entends dire qu'elle l'a obligé à quoi que ce soit ! Ils étaient tous les deux d'accord pour ce mariage.

— Quel était son métier à lui ? Je ne m'en rappelle plus.

— Chauffeur. Chauffeur de maître.

— De « bonne à tout faire », Annette était devenue « jeune fille de compagnie », elle aurait pu prétendre à quelqu'un de mieux placé, de plus débrouillard... À quelqu'un comme toi, Antoine !

Rosie cherchait parfois, désespérément, à flatter son époux pour s'attirer ses faveurs.

— Grâce à toi, Antoine, regarde le chemin que nous avons fait.

Il lui rendit le compliment :

— Tu y es pour quelque chose, toi aussi, Rosie.

— Ce qui fait la force d'un couple : c'est l'homme, insista-t-elle.

— Un couple, c'est l'homme et la femme, répliqua-t-il.

Elle le fixa, stupéfaite. En quelques mois, cette Claudette était-elle parvenue à lui extirper des préjugés devant lesquels, elle, Rosie, avait toujours plié ?

— La vie n'a pas laissé le temps à Annette et à Omar de prouver de quoi ils étaient capables, continua Antoine.

— Elle n'était pas laide, Annette, tu t'en souviens ? Trop maigre peut-être...

— Je ne trouve pas.

— Ses cheveux étaient si raides, son nez un peu long, sa peau très pâle. Et puis, elle était timide. Tellement timide.

— Elle était douce plutôt. C'était cela son charme.

— Ah tu trouves ?... Il est vrai que le cousin Robert, celui qui avait fait fortune au Brésil, l'aurait volontiers épousée. Elle le trouvait trop vieux, et trop riche. Tu imagines : « trop riche ! ».

— Omar-Jo me plaît, coupa Antoine. Il est vif, ingénieux. Il aurait pu nous rendre des tas de services. À présent c'est trop tard, il est embarqué sur ce Manège.

— Il n'est peut-être pas trop tard.

Après quelques instants de réflexion, elle reprit :

— Cet hiver, est-ce qu'on l'emmène avec nous à la messe du dimanche ? Nous ne savons même pas à quelle religion il appartient. Le vieux Joseph t'en a-t-il parlé au téléphone ?

— On posera la question à l'enfant, il a son franc-parler. Quant au vieux Joseph, il parlait à Dieu face à face ; il n'avait pas besoin d'intermédiaires, disait-il. Je ne crois pas qu'il ait changé.

— Un vieux païen, oui. Pourtant c'est lui qu'on faisait venir, à toutes les cérémonies, pour marcher en tête de cortège.

Illettré, ne signant qu'avec son pouce maculé d'encre, le vieux Joseph était le meilleur conteur de la région. Durant les veillées d'hiver, ceux du voisinage se rassemblaient autour de lui. Pendant les longues soirées d'été, d'autres villageois traversaient les collines pour venir l'entendre.

Il excellait aussi dans le chant, dans la danse. Pour les baptêmes, les mariages, les enterrements, on avait chaque fois recours à lui. Entièrement vêtu de blanc ou de noir, selon les circonstances, c'est lui qui précédait et conduisait le cortège.

Il avait de la carrure, et portait si fièrement son mètre soixante-quatorze qu'il en paraissait dix de plus. Son nez légèrement busqué, ses lèvres pleines, ses yeux gris – parfois graves, souvent rieurs – donnaient à sa physionomie noblesse et générosité.

Selon les fêtes ou les deuils, il redressait, en les gluant, les deux bouts de son épaisse moustache, ou bien les laissait retomber de chaque côté de sa bouche. Sa toison noire et bouclée, devenue poivre et sel avec l'âge, lui couvrait la nuque.

La voix du vieux Joseph était sonore ; sa poignée de main réchauffait. Il ne craignait ni le froid, ni le chaud ; ni le sec, ni l'humide ; ni neiges, ni soleils ; et portait, sous tous les climats, des chemises sans col dégageant un cou puissant, un décolleté entrouvert qui exposait aux regards sa poitrine velue. De son index recourbé, il y frappait comme sur une porte :

— Du béton ! Du béton tout ça. Mais dedans, l'oiseau chante et bat des ailes !

À la tête des cortèges, Joseph remuait, en balancements circulaires, un grand sabre recourbé à pommeau d'argent. C'était son bien le plus précieux.

Il portait un pantalon très ample, serré autour des chevilles. Se soulevant sur un pied, il pirouettait dans un sens puis dans l'autre ; tournoyait comme une toupie avant la pause finale, qui lui permettait de reprendre le balancé tranquille.

Après ce préambule, son chant s'élevait. Un chant composé de prières rituelles mêlées de paroles improvisées. Sa voix chaleureuse, souveraine, déliait les cœurs, remédiait aux chagrins.

— Si tu étais moins paillard et moins mécréant..., grondait le curé nanti, comme un grand nombre de prêtres montagnards, d'une épouse et d'une ribambelle d'enfants, je t'aurais confié la mission d'appeler les fidèles aux offices à partir du clocher. Une coutume qu'il appréciait beaucoup chez les adeptes de l'autre croyance. Mais, je te connais Joseph, tu es capable d'inventer des mots à toi... Et alors, où irions-nous ?

Veuf d'une épouse qu'il avait tendrement chérie, Joseph avait élevé, seul, Annette, son unique enfant. À la mort de sa femme Adèle, il avait cinquante ans ; ses appétits sexuels étaient loin d'être éteints.

Chaque deux semaines, il confiait sa fillette à des voisins et disparaissait. Il devait, disait-il, se rendre dans la cité pour y conclure des affaires urgentes. On faisait semblant de le croire ! De notoriété publique, il différait de ses compatriotes par une singulière inaptitude au commerce. Soit pour la transaction concernant un terrain hérité, soit pour la vente des produits de son jardin, ses affaires s'étaient toujours révélées désastreuses. « Je n'aime pas assez l'argent », s'excusait-il.

Vivant de peu, avec agrément, il considérait la richesse et le désir que certains en avaient comme des freins à la liberté ; ou du moins au sentiment qu'il avait de cette liberté.

En ville, logeant indifféremment chez l'une ou chez l'autre, il visitait gratuitement les prostituées, leur rendant de menus services, égayant leurs soirées de danse, de chants et de récits. Elles le recevaient toujours à bras ouverts.

Un grand nombre d'entre elles venaient d'Europe centrale ou des Pays baltes, leur blondeur était particulièrement appréciée. D'autres arrivaient d'Amérique latine, de France, d'Espagne, d'Italie... Joseph les interrogeait, visitait la terre en les écoutant.

Le monde lui parut vaste, prodigieux, hybride et foisonnant ! De toutes parts surgissaient amours et violences, fidélités et trahisons, injustices et liberté. Mêmes rêves, mêmes désespoirs, mêmes renaissances. Et partout, cette même mort ! Une tenace solidarité aurait dû lier, lui semblait-il, sur cette image évidente, essentielle, de la mort, tous les humains.

— Pas besoin de quitter mon coin de terre, je m'embarque sur vos corps, mes belles ! Sur vos paroles, je parcours le monde entier.

Le véritable voyage il le souhaitait pour d'autres ; et plus tard, pour l'enfant de son unique enfant.

Depuis la mort d'Adèle, il évitait de rencontrer Nawal, une prostituée qui avait été la femme d'un voisin, colporteur. Jadis il l'avait aimée, désirée à la folie ; sa silencieuse épouse en avait, sans doute, souffert.

Joseph effaçait le souvenir de cette faute, en redoublant de soins et de tendresse envers la petite Annette, la fille d'Adèle.

Celle-ci eut une enfance heureuse. Plus tard, Joseph approuva son mariage avec Omar, ce jeune homme d'une autre religion, qu'il adopta à première vue. Il sut convaincre tout son village qui accueillit le jeune couple et regretta ensuite leur départ pour la capitale, peu de temps après la naissance du petit Omar-Jo.

L'enfant vit le jour tandis qu'éclataient les premières hostilités. Malgré la commotion, la population se persuada qu'il ne s'agissait que de secousses passagères. Entre frères, les pires luttes ne peuvent s'éterniser.

Les luttes s'éternisèrent... Souvent rejointes, alimentées, fortifiées, par le dehors. Plus de dix ans s'étaient écoulés.

En écoutant son transistor qu'il gardait suspendu autour du cou pendant ses heures de jardinage, le vieux Joseph qui venait d'atteindre ses quatre-vingts ans, apprit, en plein après-midi, qu'une voiture piégée venait d'exploser dans le quartier où habitait Annette.

Il chercha à quitter sa colline et à descendre au plus tôt vers la capitale. Haletant, bouleversé, il frappa aux portes des voisins possesseurs d'un véhicule. La plupart étaient absents, d'autres hésitaient devant cette plongée dans l'enfer.

— Pourquoi imaginer le pire ? Cela fait des années que ça se détraque, que ça se pulvérise de partout. Rien n'est arrivé aux tiens. Rien ne leur arrivera.

— Je veux en être sûr.

Non loin, le jeune Édouard réparait sa motocyclette.

— Je t'emmène où tu veux.

Il grimpa sur sa machine, appuya à plusieurs reprises sur la pédale, fit pivoter les guidons, ronfler les gaz, tandis que le vieil homme s'installait sur le siège arrière.

— Vas-y, à toute vitesse ! Je t'indiquerai les raccourcis.

Il la connaissait par cœur sa montagne, depuis la splendeur de ses sommets, jusqu'à ses moindres escarpements. Le tuyau d'échappement faisait un tel vacarme que le vieux approcha ses lèvres de la tempe du jeune homme pour lui souffler les bonnes directions à l'oreille. Les chemins étaient mal goudronnés, accidentés ; ils espéraient que la machine – de seconde main, passablement usée – tiendrait le coup. Ils escomptaient, aussi, échapper aux divers groupes armés, ceux de tous bords ou d'aucun bord, qui stoppent les véhicules pour des contrôles, ou des demandes de rançons.

Parvenus à l'endroit même de la catastrophe, ils ne purent s'en approcher qu'à pied.

Les autorités venaient d'isoler la voiture éclatée. Autour, sur une large surface, un cordon reliait des pieux rouges, rapidement fixés au sol. La déflagration avait eu lieu, exactement, au pied de l'immeuble de ses enfants ; Joseph sentit ses genoux flancher, son cœur lui remonta dans la gorge.

Il se força passage entre la police et la foule hurlante. Se glissa, suivi d'Édouard, sous le cordon de protection.

Soudain, face à la monstrueuse carcasse, il fut saisi d'une brusque pulsion de refus, et décida de grimper jusqu'à l'appartement, convaincu d'y retrouver Omar, Annette et Omar-Jo.

Sa force lui revint, comme la foudre. Jaillie de ses talons, elle redressa ses jambes, hissa, souleva son vieux corps ; le projetant à l'assaut de la centaine de marches. Toujours talonné par le jeune homme, il accéda rapidement au cinquième étage.

La porte du logement était restée entrouverte.

Il appela. À l'intérieur, il fouilla partout. Ce ne fut pas très long. Il ne trouva personne.

Dans le living, il avait failli glisser sur les crayons de couleur éparpillés sur les dalles et s'étaler de tout son long.

Il sortit sur le balcon. Personne, là non plus.

À bout de souffle, il redescendit se joindre à la multitude qui se pressait autour de l'automobile détruite.

Aveuglé par les rideaux de poudre jaunâtre, Joseph marchait les bras tendus en avant, évitant les obstacles. S'accrochant au bras d'un ambulancier il réclama le nom des victimes et la liste des hôpitaux. Il n'obtint aucune réponse.

— Je connais les hôpitaux, on en fera le tour ensemble, proposa Édouard. S'ils sont blessés, on te les guérira !

Le vieux cherchait à se persuader que sa petite famille se trouvait hors du quartier, au moment de la déflagration. Pourtant, là-haut, cette porte entrouverte le tourmentait, minait sa confiance. Il avança, les yeux au sol, cherchant presque malgré lui une trace des siens ; souhaitant ne jamais en trouver.

Il en trouva.

Ce fut d'abord : un lambeau de la robe à fleurettes orange. Ensuite : la singulière bague d'Omar, surmontée du scarabée couleur sable.

Amassant l'un et l'autre, il eut cette fois la certitude de leur disparition.

— Qu'as-tu trouvé ? demanda le jeune homme.

Il se retint de dire : « Ils sont morts », comme si ces paroles une fois prononcées les condamnaient irrémédiablement ; détruisaient une dernière illusion à laquelle, malgré l'évidence, Joseph se raccrochait encore.

Avec des gestes d'automate, il poursuivit sa recherche. Muni d'un bâton, il écarta les déblais, fouilla les crevasses.

Au bout d'un quart d'heure, il découvrit, au bord d'une fosse, une des sandales d'Omar-Jo.

Il l'aurait distinguée entre mille ! C'était lui qui avait remplacé la lanière usée par cette lanière-ci, plus épaisse et grossièrement recousue.

Plus loin, à quelques pas de l'engin mortel – l'auto saccagée ressemblait à une hydre prête à renaître, à bondir, à tout faucher – le vieil homme fut, de nouveau, confronté à l'horreur.

Émergeant d'un morceau de tee-shirt bleuâtre, qu'il lui avait lui-même offert, il venait de reconnaître le bras de son petit-fils.

Son bâton lui tomba des mains. Sa vigoureuse charpente oscilla, se résorba ; jusqu'à ressembler à une motte de terre. Du plomb brûlant se déversait dans ses entrailles.

Édouard approcha avec précaution. Pressentant la catastrophe, il n'osait rien dire. Cherchant à signaler au vieux sa présence attentive auprès de lui, il toucha son épaule. Ensuite, le jeune homme se pencha, embrassa Joseph entre ses omoplates :

— Je suis là, je ne te quitte pas.

Puis, il attendit.

Après une longue immobilité, Joseph s'ébranla de nouveau.

Une sombre colère le galvanisa. Ses pieds martelèrent le sol, l'orage enflamma ses traits.

D'un jet, il escalada le monticule le plus proche, formé de gravats et de débris.

Planté sur le sommet du tertre, ses deux bras se dressèrent vers le ciel. Un ciel bleu pervenche. Les flambées d'une succession d'incendies, l'ascension des cendres tentaient, en vain, de ternir la céleste clarté.

Durant quelques instants il l'exécra, ce ciel. Ce ciel inentamable, bouclé sur ses secrets !

— Je ne chanterai jamais plus ! Je ne danserai jamais plus ! Pour quoi, pour qui ces célébrations, ces cérémonies ! Plus jamais ! hurla-t-il.

S'adressait-il à quelqu'un ? À ce Dieu qui ne le préoccupait guère, et qui lui imposait soudain sa présence à travers ce désastre, ces questions, ses propres imprécations ? Son frère Job – celui de la Bible de son enfance – lui revint en mémoire, avec ses paroles provocantes et rebelles. À la fin, s'apaiserait-il comme lui ? Se réconcilierait-il, plus tard, avec ce Dieu féroce, ce Dieu devenu agneau ?

Pour l'instant, il fulminait, tournant sa fureur contre les hommes. Ceux de cette cité, ceux des terres avoisinantes, ceux de tout l'univers.

— Criminels ! Fratricides ! Bourreaux des innocents ! Vous n'arrêterez jamais de tuer, de vous haïr ! Où est-ce que ça vous mène tout ça ? Un peu plus vite dans la fosse. Dans la même énorme fosse !

Surplombant le cirque chaotique de pierres, de ferraille, d'os, de chair et de sang, l'imposante silhouette du vieillard, rivée à son tertre, emplissait l'horizon.

Environné de rideaux de sable jaunâtres, sa forme, charnelle et fantomatique, apparaissait, disparaissait, aux yeux de la foule.

Retenant ces larmes qui l'auraient de nouveau courbé, secoué de sanglots, Joseph se soulevait sur la pointe des pieds, étirait ses muscles, les contractant jusqu'à la douleur.

Deux bras venaient d'encercler ses hanches. Quelqu'un cherchait à le tirer, à le faire descendre de sa butte. Un cri de femme transperça le vacarme :

— Ton petit-fils est vivant ! J'ai vu les ambulanciers emporter Omar-Jo.

Joseph se raidit, se dégagea brusquement de cette emprise. Il venait de reconnaître la voix de Nawal.

— Plus de mensonges ! Tu mens toujours ! Va-t'en ! Éloigne-toi !

Redoublant d'efforts, elle parvint à le déloger de son tertre. L'amenant à elle, Nawal l'attira contre sa poitrine, puis le berça comme un enfant.

— Crois-moi, j'ai vu Omar-Jo partir sur ses deux jambes. De mes yeux, je l'ai vu !

C'était vrai. Elle avait reconnu l'enfant de cette enfant ; l'enfant de cette Annette, qui aurait pu être la sienne. Penchée à sa fenêtre, peu après l'énorme détonation, elle avait vu le gamin se débattre, malgré son épaule sanguinolente, pour échapper aux ambulanciers. Il s'obstinait à rester sur place, pour retrouver sa mère et son père.

Les oreilles de Nawal retentissaient encore de leurs deux noms qu'il hurlait d'une voix déchirante et continue.

Cela avait été trop tard pour Omar-Jo. Les siens venaient de sauter en même temps que l'engin fatal.

Des déflagrations, des éclats de métal survenant, par la suite, blessèrent grièvement d'autres habitants du quartier, et lui arrachèrent son bras gauche.

Nawal avait tout vu ; elle pouvait témoigner de chaque moment de cette scène. Elle affirmait que l'enfant, qui perdait son sang par flots, avait fini par céder aux ambulanciers et se laisser emporter.

— Tu dois me croire : Omar-Jo est vivant !

Cette sensuelle odeur d'encens et de jasmin, la couleur de cette voix incandescente, ce souffle brûlant contre sa nuque, la proximité de ce corps familier, annulèrent pour quelques secondes le lieu et le temps du malheur, ranimèrent pour quelques secondes – en dépit de tant d'années révolues – un désir, une fièvre étrange. Le vieux Joseph ferma ses paupières, un frisson de volupté lui parcourut l'échine.

Mais s'indignant contre lui-même il se ressaisit aussitôt :

— Menteuse ! Ne continue pas à mentir !

Elle desserra son étreinte, lui jeta un regard douloureux avant de lui tourner le dos, et de s'éloigner en clopinant.

— Vieux fou ! maugréa-t-elle avec tendresse. Tu ne changeras jamais.

Il la suivit du regard tandis qu'elle s'évanouissait, resurgissait, disparaissait, en boitillant, au milieu des voiles de poussière.

Sous sa maigreur, sous sa chevelure hérissée et blanchie, sous cette démarche chancelante, c'était encore la même Nawal qu'il avait si fougueusement possédée.

— Tu as toujours menti, s'entendait-il répéter, envahi par l'afflux des souvenirs.

Joseph, qui haïssait le mensonge, s'était mis à mentir. Mentir à Elias, le colporteur, son meilleur ami dont Nawal était l'épouse. Mentir à Adèle, sa femme, bientôt enceinte d'Annette.

Ils s'étaient aimés ; partout et à toute heure. Au pied de la source, sous l'olivier, entre les pins, sur la terrasse aux dalles brûlantes, dans le lit conjugal. Nawal se débrouillait pour prévenir Joseph, qui habitait le village voisin, dès qu'Elias partait en tournée.

Le temps leur était compté ; elle accourait, nue, sous sa robe. La soif de s'unir les taraudait. Ils se prenaient, se reprenaient, dans une jubilation extrême ; s'enivraient de caresses et de baisers.

— Guéris-moi de toi, Nawal ! suppliait-il.

Elle reprenait :

— Guéris-moi de toi !

Adèle gardait le silence. S'était-elle doutée de leur relation ? Il ne chercha pas à le savoir. Il évitait le regard de son épouse et fuyait la présence de son ami.

Plusieurs fois, ils avaient cherché à se quitter. Mais leur lien, si contraignant dans le plaisir comme dans la douleur, était impossible à trancher.

Adèle s'éteignit en donnant naissance à Annette.

Dévoré de remords, Joseph parvint à rompre avec Nawal. De son côté la jeune femme, respectueuse du souvenir de la morte, disparut.

Elle quitta le village, pour ne plus y reparaître. Les recherches d'Élias, son époux, furent vaines. Il se résigna à cette perte ; et mourut, dans la même année, écrasé par un camion au cours d'une de ses randonnées.

Durant une des nuits où Joseph trouvait refuge chez les prostituées, il monta dans une chambre avec l'une d'entre elles.

Brusquement la porte s'ouvrit, les lumières s'éteignirent. Une femme entra. D'un commun accord, elle remplaça la première.

L'acte d'amour prit soudain une autre saveur.

Dès qu'il reconnut Nawal, celle-ci s'éclipsa. Cette fois, à jamais.

Plus tard, Joseph devait apprendre que Nawal avait eu un enfant d'un marin, dont le navire avait passé un mois à quai. Elle s'était rangée à la suite de cette naissance.

De longues années après, elle aida son fils à s'établir ; elle pourvut au financement, contribua à l'organisation de son commerce de peinture. Elle s'occupait aussi des livraisons, conduisant elle-même le camion vers divers coins du pays.

Depuis la mort d'Adèle, Joseph se consacrait à sa fille. Annette avait hérité de la patience et de la candeur de sa mère ; il cherchait à la protéger de tous les périls ; surtout des hommes de son espèce dont le sang trop corsé, la nature trop impétueuse l'auraient fait souffrir.

Lorsque Annette lui présenta Omar, il acquiesça aussitôt. D'un clin d'œil il avait jaugé le jeune homme. Celui-ci était à la fois robuste et doux ; rieur et tranquille. Il rendrait sa fille heureuse ; Joseph en était convaincu.

Joseph retrouva son petit-fils à l'hôpital. Il devait attendre plusieurs semaines avant de pouvoir le ramener chez lui.

Le soir même de l'accident – cherchant à sauver les restes d'Omar et d'Annette de la fosse commune – le vieil homme, accompagné d'Édouard, était revenu sur les lieux de la catastrophe.

Dans la confusion générale, il échappa aux contrôles, traversa la cohue.

À l'intérieur d'une boîte à outils vide, que son jeune compagnon tenait par sa double anse, Joseph entassa tout ce qui avait appartenu aux siens : des morceaux de tissu de la robe à fleurettes orange, des loques de la chemise à carreaux beiges, du blue-jean ; une portion du cabas de sa fille, une des pochettes du portefeuille de son gendre... À ces fragments, s'agglutinaient des lambeaux de chair.

Plus tard, toujours assisté d'Édouard, le vieil homme se rendit au cimetière de sa communauté.

Asma, la gardienne des sépultures, une femme erratique et impérieuse, hantait, comme à l'accoutumée, les allées du cimetière à la recherche de son époux.

Celui-ci, prétendait-elle, se gavait de nourriture, au détriment de ses huit enfants. Ensuite, pour digérer et dormir en paix tout le reste de la journée, il s'abritait dans un caveau de notable. Spacieuses, dotées d'une chapelle funéraire, plus fraîches l'été, plus tièdes l'hiver, ces tombes-mausolées possédaient tous les avantages. Elles lui permettaient, aussi, d'échapper aux cris de son épouse et aux corvées qu'elle tentait de lui imposer.

Pour qu'Asma perde ses traces, il changeait sans cesse de caveau. Renonçant à des incursions intempestives et vaines, elle se contentait, le plus souvent, de tonner à travers le cimetière, appelant à sa rescousse, les anges, les saints, les morts d'un certain rang ; et sa ribambelle d'enfants qui cherchaient, eux aussi, à la fuir.

— Votre fainéant, votre pourri de père mange tout votre pain, mes malheureux petits !... Et vous, ô respectables morts, il vous rend complices de ses noirceurs !

Édouard et le vieux Joseph aperçurent la gardienne de loin. Comme d'habitude, elle fulminait. Sa chevelure roussâtre, hirsute, son visage belliqueux, surplombaient la houle de vastes robes noires qui lui descendaient jusqu'aux chevilles.

Selon la religion, et même selon les rites – ce petit pays en offrait près d'une quinzaine, différant à quelques nuances près – les cimetières demeuraient strictement séparés.

Déterminé à ne pas entamer une discussion avec Asma, dont la religiosité à fleur de peau s'offusquerait de toute alliance de doctrines ou de liturgies, le vieux Joseph avait décidé – comme s'il leur en avait fait la promesse – de ne pas séparer dans la mort ces deux êtres si parfaitement unis dans la vie.

Il tendit une somme conséquente à la gardienne avant de lui faire sa demande. Ne pouvant résister à la vue de l'argent, celle-ci fourra les billets dans sa poche à double fond, confectionnée en cachette de son vaurien d'époux.

Le vieil homme lui montra ensuite la boîte portée par Édouard, et réclama un modeste emplacement pour les siens. Il avait repéré un coin, au bas du mur de clôture en partie écroulé, qui donnait sur des champs ; puis, au loin, sur la mer.

— Qui sont-ils ? demanda la gardienne.

— L'explosion de la voiture piégée... Tués sur le coup. Ma fille, son mari.

— C'est tout ce qui reste de ces enfants de Dieu ?

— C'est tout.

— Ton gendre était-il du même rite que toi ? questionna-t-elle d'un air entendu sans jamais se douter qu'il était d'une autre croyance.

— Un enfant de Dieu, grommela le vieux.

Elle s'en contenta.

— Voilà ce que nous faisons dans ce pays de tous les enfants de Dieu ! gémit-elle, tâtant tout de même avec satisfaction l'argent empoché.

Avec l'aide d'Édouard, Joseph enterra la boîte.

En guise de couronne, il enroula autour d'un pieu un pan de tissu à fleurettes orange et l'enfonça dans le sol.

Sur une tombe défoncée, il trouva un tronçon de marbre blanc, qu'il emporta pour la poser par-dessus le carré de terre. Avec son canif à plusieurs lames, il y grava, patiemment, les deux initiales « A et O » entrelacées.

Dès qu'Omar-Jo serait guéri, il lui indiquerait l'emplacement de cette tombe.

Plus tard, il glisserait au doigt de son petit-fils la bague d'Omar surmontée du scarabée sacré.

— Quel bouffon ! s'exclama Maxime dans un éclat de rire.

Depuis deux semaines, Omar-Jo inventait, chaque jour, un nouvel accoutrement. Cette fois c'étaient des ailes ; elles lui poussaient partout. Ailes en papier, en tissu, en plastique, couvertes de peintures voyantes représentant des visages grotesques flottant, comme des nénuphars, au milieu de flamboyantes géométries. Sur son nez géant et rouge se perchait une volumineuse guêpe. Des bémols renversés remplaçaient ses sourcils.

Il s'était fait offrir, par Antoine et Rosie, un harmonica bon marché dont il tirait d'abondantes vibrations ; y ajoutant parfois un trémolo farceur, ou bien une note stridente qui attirait vers sa personne tous les regards.

Averti par le bouche à oreille, et par les affiches collées autour de la Place, le public commençait d'affluer.

— Je te vois venir, maugréa Maxime. Bientôt tu me demanderas un salaire.

— Offre-moi, de temps en temps, un tour dans ton carrosse, continue de me nourrir, et je donne tout le reste gratis. « Gratis », comme je l'ai déjà dit !

— Allons-y pour « gratis ».

L'aventure avait mis Maxime en appétit. Il se frottait les mains en voyant s'allonger la file des garçonnets et des fillettes, impatients de monter à l'assaut de son Manège. Certains adultes déploraient d'avoir trop tôt poussé hors de leurs corps d'enfants ; ces corps libres, ces corps légers qui tournoyaient en musique sur des montures de rêve !

Au soir, lorsque Maxime et le gamin recouvraient ensemble les rutilantes figures de la sombre bâche, ils éprouvaient la même tristesse, le même sentiment d'une inévitable séparation.

— Il faudra penser à faire des nocturnes, suggéra l'enfant.

— Des nocturnes ? Jusqu'où vas-tu encore m'entraîner ?

Omar-Jo avait déjà obtenu que le forain reprenne le jeu des anneaux suivi de la distribution des sucettes. Il y ajoutait parfois un « photomaton » de sa face diversement grimée ; ou bien de son moignon métamorphosé en fontaine d'où jaillissaient des fleurs artificielles ou des rubans multicolores.

Il suffisait de semer certains mots, pour que la moisson lève. Ce mot « nocturnes » ferait son chemin dans la tête de Maxime, l'enfant en était persuadé. Il fallait simplement attendre ; Omar-Jo savait patienter.

Avant son départ, Rosie s'était une dernière fois inquiétée pour son jeune neveu qu'ils laissaient avec le forain. Pourtant celui-ci leur avait fait bonne impression. Antoine la rassura tout à fait. L'enfant s'adapterait encore plus vite de cette façon ; tout dans son tempérament semblait le pousser vers les autres.

— Crois-tu qu'il est convenablement nourri ? s'inquiéta-t-elle.

La nourriture demeurant un des liens les plus solides qu'un grand nombre d'émigrés maintenaient avec un passé ancestral, Rosie se demandait, si durant leur absence, les plats de son pays ne manqueraient pas à l'enfant. Omar-Jo à qui elle avait posé la question s'en étonna ; il aimait ces plats-là, plus que d'autres ; mais sa nature aventureuse ne le portait pas vers la nostalgie. Seuls lui manquaient, parfois jusqu'au supplice, les êtres qu'il aimait.

— J'ai une idée, proposa Rosie. Je cuisinerai, exprès pour monsieur Maxime, un plat de chez nous. Tu le lui porteras de ma part. Vous pourrez ensuite le partager.

— Je ne suis pas sûr que ça lui plaira.

— Notre cuisine plaît toujours, affirma-t-elle.

Elle fabriqua un gâteau de viande mélangé à du blé concassé, qu'elle fourra de hachis de bœuf, d'oignons frits, de pignons ; et l'accompagna d'une purée de pois chiches, arrosée d'huile d'olive.

— Tu verras, ça lui fera plaisir.

Omar-Jo en doutait.

Précédé d'une forte odeur de nourriture, il apparut devant le forain tenant dans son unique bras le plateau recouvert de papier aluminium.

— Qu'est-ce que tu caches là-dessous ?

— Un plat de chez nous. C'est pour toi, de la part de ma cousine.

Du bout des doigts, Maxime souleva la feuille d'alu.

— Ça baigne dans l'huile et la graisse ! Catastrophique pour mes artères. Embarque tout ça !

S'attendant à cet accueil, l'enfant, sans prononcer une parole, rebroussa chemin. En route, il se demandait comment rendre ce plat à Rosie sans l'offenser gravement ?

Soudain, il pensa à la clocharde, qu'il croisait chaque matin sur son parcours.

Celle-ci se tenait assise, adossée, à l'angle des Grands Magasins. Coiffée, en toutes saisons, de trois bonnets de laine de couleurs différentes emboîtés l'un dans l'autre, chaussée de bottes courtes en caoutchouc verdâtre, elle s'entourait – comme d'une clôture protectrice – d'une demi-douzaine de sacs en plastique bleus, remplis à ras bord. Avec ce qu'elle continuait d'amasser, à chaque aube, dans les poubelles environnantes, elle accroissait, de jour en jour, ses misérables biens. On ne lui connaissait pas de domicile fixe. Elle faisait partie du décor ; personne ne songeait à la déloger.

Omar-Jo éprouvait de la fascination pour ce personnage à l'aspect théâtral, et une pitié extrême pour ce visage, encore jeune, mais terriblement bouffi, pour ces lèvres enflées et mauves, ce cou sale, ces doigts bosselés émergeant de crasseuses mitaines. Elle avait dû subir bien des malheurs pour en arriver là. Et le malheur, il connaissait...

De son côté, la clocharde se sentait attirée par ce gamin manchot, à la joue trouée. À quel effroyable accident avait-il échappé ? Leur sympathie réciproque se satisfaisait de cette connivence, de cette silencieuse complicité. Ni l'un ni l'autre ne se posèrent jamais de questions.

Chaque matin, au passage, l'enfant la saluait :

— Bonne journée, madame !

Elle répondait sur un ton badin :

— Bonne journée, monsieur !

Dès qu'Omar-Jo lui présenta le plat, la clocharde applaudit des deux mains. Immédiatement, elle tira de l'un de ses sacs une bassine éculée, et lui demanda d'y verser les aliments.

— Ça sent rudement bon, je vais me régaler !

Elle racla le fond du plat avec de la mie de pain. Omar-Jo en était heureux, soulagé. Le soir, en rentrant, il pourrait raconter à Rosie que Maxime avait tellement apprécié sa cuisine qu'il n'en restait plus rien. « Regarde, plus une seule miette ! » insisterait-il.

Avant de repartir, il glissa quelques mots à l'oreille de la clocharde :

— Un jour, on vous invitera au Manège.

— Je viendrai, répliqua-t-elle ravie.

Il l'imaginait très bien, sorcière ou fée, surgissant du carrosse, pour danser et chanter sur la plateforme tournoyante.

Omar-Jo arriva au Manège à l'heure de la pause de midi.

Collé à la vitre de la cabine, il trouva un mot de Maxime lui demandant de le rejoindre dans un bistrot voisin.

Il trouva le forain attablé devant une bouteille de beaujolais, entamant un copieux plat d'andouillettes et de frites.

— Viens manger, gamin !

— Et tes artères ? demanda celui-ci en riant. Tu n'y penses plus tout d'un coup !

Debout sur un des chevaux de bois, ou bondissant hors du carrosse comme un diable de sa boîte, Omar-Jo accompagnait de cent façons la cavalcade des enfants. Il allait, venait, dansait, bonimentait, s'adressant souvent aux spectateurs.

Filles et garçons accouraient de plus en plus nombreux. Ensorcelés par le spectacle, les parents déboursaient sans se plaindre.

Les affaires continuaient de prospérer. Maxime acheta les derniers disques en vogue ; alluma les lampions de plus en plus tôt.

Le forain déclinait de nouveau les invitations dominicales de la famille. Celle-ci fut déçue d'apprendre qu'il ne se débarrasserait plus du Manège. Au contraire, il y avait repris goût, et il y consacrait la plus grande partie de son temps.

— Comment vas-tu t'en tirer ? Toi-même tu nous disais...

— À présent, je m'en tire. Je m'en tire même très bien.

C'était à n'y rien comprendre. Sa voix était joviale, enjouée. Peut-être était-il sous l'effet de la boisson ? À force de vivre seul !... Ils songèrent à expédier, vers la capitale, en éclaireur, l'un de ses proches qui pourrait le raisonner.

Ils se consultèrent sans parvenir à un accord.

Lorsqu'il sentait son public avec lui, applaudissant et riant de ses loufoqueries, Omar-Jo changeait brusquement de répertoire.

D'abord, il faisait taire la musique ; ses pitreries se fracassaient contre un mur invisible. Ensuite, il laissait un silence opaque planer au-dessus des spectateurs.

D'un seul geste, il arrachait alors les rubans ou les feuillages qui dissimulaient son moignon. Puis, il présentait celui-ci au public, dans toute sa crudité.

Il ôtait son faux nez. En se frottant avec un pan de sa chemise, il se débarbouillait de son maquillage. Sa face apparaissait d'une pâleur extrême ; enfoncés dans leurs orbites, ses yeux étaient d'un noir infini.

Il s'était également dépouillé de ses déguisements qui s'entassaient à ses pieds. Il les piétina avant de grimper sur leurs dépouilles comme sur un monticule, d'où il se remit à parler.

Ce furent d'autres paroles.

Elles s'élevaient du tréfonds, extirpant Omar-Jo de l'ambiance qu'il avait lui-même créée. Oubliant ses jongleries, il laissait monter cette voix du dedans. Cette voix âpre, cette voix nue qui, pour l'instant, recouvrait toutes ses autres voix.

L'enfant multiple n'était plus là pour divertir. Il était là aussi pour évoquer d'autres images. Toutes ces douloureuses images qui peuplent le monde.

Mené par sa voix, Omar-Jo évoque sa ville récemment quittée. Elle s'insinue dans ses muscles, s'infiltre dans les battements du cœur, freine le voyage du sang. Il la voit, il la touche, cette cité lointaine. Il la compare à celle-ci, où l'on peut, librement, aller, venir, respirer ! Celle-ci, déjà sienne, déjà tendrement aimée.

Ici, les arbres escortent les avenues, entourent les places. De robustes bâtiments font revivre les siècles disparus, d'autres préfigurent l'avenir. Une population diversifiée flâne ou se hâte. Malgré problèmes et soucis, ils vivent en paix. En paix !

Là-bas les îlots en ruine se multiplient, des arbres déracinés pourrissent au fond de crevasses, les murs sont criblés de balles, les voitures éclatent, les immeubles s'écroulent. D'un côté comme de l'autre de cette cité en miettes, on brade les humains !

Omar-Jo se déchaîne, ses paroles flambent. Omar-Jo ne joue plus. Il contemple le monde, et ce qu'il en sait déjà ! Ses appels s'amplifient, il ne parle pas seulement pour les siens. Tous les malheurs de la terre se ruent sur ce Manège.

Tout s'est immobilisé. Les chevaux ont terminé leur ronde. Le public écoute, pétrifié.

Maxime, perplexe, n'ose pas faire taire l'étrange enfant.

Après ces cris d'angoisse, il ne reste d'autre issue que de renouer avec la vie.

Omar-Jo ressort de sa poche son vieil harmonica et, retrouvant son souffle, il en tire, une fois de plus, des sons mélodiques et vivaces.

Lentement, le Manège se remet à tournoyer.

Ne sachant plus si elle vient de plonger dans l'actualité la plus cruelle ; ou si elle n'a fait qu'assister à une pantomime, la foule applaudit.

— À ton âge, d'où tiens-tu ces choses ? demanda Maxime, plus tard, dans la soirée.

— Un jour, je te raconterai.

— Tu parles parfois comme un enfant, parfois comme un adulte. Quand es-tu toi-même, Omar-Jo ?

— Chaque fois.

Le forain était bien décidé à questionner l'enfant sur son passé. Dès le lendemain, il l'interrogea de nouveau.

— Ton bras ? Qu'est-ce qui t'est arrivé au juste ?

— Laisse...

— Un accident ?

— Un accident, si tu veux.

— Je ne veux rien, moi. Je veux savoir, c'est tout. Quelle sorte d'accident ?

— La guerre...

— Encore une de ces guerres de barbares !

— Pas plus barbares que d'autres ! rétorqua l'enfant.

— Je ne t'attaquais pas.

À cause de leur mariage mixte Omar et Annette s'étaient intéressés, plus que d'autres, à l'Histoire. Il y avait toujours eu des livres chez Omar-Jo. Depuis le début de l'humanité la barbarie avait ensanglanté la Terre ; en Europe, il y avait peu de temps, l'horreur régnait partout.

— Je ne cherchais vraiment pas à t'offenser, reprenait Maxime. Tout ça c'est peut-être une affaire de religion ? En quel Dieu crois-tu ?

— Il n'y a qu'un Dieu, répliqua l'enfant. Même si les chemins ne se ressemblent pas. Mon père et ma mère le savaient. Ils sont morts des mêmes violences, dans la même explosion. Si je crois : c'est en un seul Dieu. Mais les hommes ne veulent pas voir, ni savoir. Ils sont aveugles.

Maxime se demandait si lui-même avait la foi. Et s'il l'avait, de quelle sorte de croyance s'agissait-il ? Il participait, comme la plupart des gens, à des cérémonies religieuses qui devenaient chaque fois l'occasion de fêtes et de ripaille ; en dehors de cela, il n'était guère pratiquant.

S'efforçant de poursuivre le dialogue avec l'enfant, il continua :

— Sais-tu que certains Croisés partaient de cette Place où nous nous trouvons, pour se rendre dans tes contrées ?

— Je le sais. Les guerres se portaient bien en ce temps-là aussi !

— Ils se combattaient, mais parfois ils pactisaient. Je me suis documenté là-dessus. Saladin était toujours disposé à avancer sur les chemins de la paix. À une époque une véritable entente s'était établie entre chefs chrétiens et musulmans. Frédéric, l'empereur germanique, écrivait au sultan du Caire : « Je suis ton ami. » Sais-tu qu'un certain Nicolas Flamel entretenait des relations étroites avec ceux de l'autre côté de la Méditerranée ?

— Je le sais, dit l'enfant. C'est comme toi et moi.

— Pourquoi pas ! Et peut-être, ajouta le forain en riant, que nous découvririons ensemble la pierre philosophale. Celle qui change tout en or.

— Nous changerons tout en or, dit l'enfant. Tu verras !

— Ton bras, Omar-Jo ? Tu ne m'as toujours pas raconté comment tu l'avais perdu.

Omar-Jo n'avait pas ressenti l'arrachement de son bras, ni l'impact du fragment de métal traversant sa joue.

La disparition d'Omar et d'Annette l'avait insensibilisé à toute autre douleur.

Plusieurs heures après, l'enfant s'éveilla dans un lit d'hôpital. C'est alors seulement qu'il se souvint du champ de supplices, émergeant des flots d'une poussière jaune et gluante. Il revit l'amoncellement des blocs de ciment et de ferraille, le ventre béant du véhicule éclaté : l'enchevêtrement de pistons, de bielles, de vitres, d'ailes et de roues, lui donnait l'aspect d'une bête monstrueuse, avide de sacrifices humains.

Omar-Jo chercha son bras, puis sa main gauche sous les draps. Il chercha ce bras qui s'était avancé, cette main qui s'était frayé passage parmi les décombres pour ramasser un morceau du tissu à fleurettes orange...

Mais il ne les trouva plus.

Bientôt le vieux Joseph ramena son petit-fils chez lui, à la montagne.

Au bout d'un mois – les hostilités s'étant, une fois de plus, interrompues – il lui confia qu'il avait enterré, sous le même carré de terre, les restes de ses parents.

Omar-Jo voulait s'y rendre seul, le plus vite possible.

Le vieil homme ne s'y opposa pas. Lui et son petit-fils étaient semblables : leur décision prise, personne ne pouvait les ébranler.

Ce cimetière, situé dans une banlieue proche d'une des zones de combat, avait eu son lot de projectiles. Il présentait un aspect désolé.

Clôturé par un mur, en partie effondré, ses caveaux étaient bordés d'arbres de Judée anémiques, de buissons chétifs, de quelques palmiers déplumés.

Les grilles de l'entrée principale gisaient par terre parmi bosses et trous. Plus loin, certaines dalles, grisâtres et fendues, avaient été hâtivement remplacées par une série de briquettes branlantes, cernées d'une couche de ciment noir. Un tombereau, avec son contenu de pelles, de pioches, de limes, et sa roue sortie de la jante, était couché sur le côté.

Tout attestait de la négligence du gardien des lieux. Abrité au fond d'un mausolée, celui-ci, comme à son habitude, sommeillait paisiblement.

Omar-Jo avança dans l'allée centrale au milieu d'une douzaine de mausolées dont certains étaient dotés d'une chapelle funéraire. Leur somptueuse apparence, mise à mal à travers douze années de guerre par d'incohérents bombardements, devait assurer à leurs occupants, dans l'autre monde, le même statut que celui dont ils avaient bénéficié ici-bas.

Le gardien se félicitait de l'absence de ces familles de notables, pour la plupart à l'étranger. Il pouvait ainsi user de leurs sépultures, comme il l'entendait.

Dès l'apparition d'Omar-Jo, un molosse sans collier sortit de sa niche, s'approcha en grondant et en exhibant ses crocs.

Dissimulant sa peur, l'enfant poursuivit son chemin. La bête fit de même.

Ils se retrouvèrent face à face. Les grognements s'étaient changés en aboiements, qui alertèrent Asma à l'autre bout du cimetière.

Celle-ci accourut en hurlant. Le son de sa voix avait suffi ; l'animal s'ancra sur place, ses quatre pattes raidies.

Une tornade surgit bientôt au bout du sentier : des babouches vertes battaient les talons de la gardienne, ses robes noires bouillonnaient, gonflées de fureur ; sa tête était couronnée d'une tignasse éparse, rougeâtre, teinte au henné. Saisi par cette soudaine apparition, par cette chevelure frémissante qui paraissait grouillante de serpenteaux, l'enfant demeura interloqué.

Asma s'était précipitée dans l'espoir de trouver, au bout de sa course, un propriétaire repenti. Pris de remords, ce dernier, dès son retour au pays, venait certainement la récompenser d'avoir prodigué tant de soins à ses chers disparus.

La vue du gamin la stupéfia et la déçut.

En s'approchant, elle remarqua sa joue rafistolée, son amputation. Il venait sans doute mendier. Lui fallait-il, elle, déjà si misérable, venir en aide à plus misérable encore ?

— Je n'ai rien. Ce n'est pas la peine de me demander l'aumône.

— L'aumône ?... Je ne suis pas un mendiant ! Je suis le petit-fils de Joseph H. C'est mon grand-père qui m'envoie. Il y a un mois, il a enterré mon père et ma mère dans ce cimetière.

Elle s'en souvenait. En échange d'un bout de terre, le vieil homme l'avait grassement rémunérée. Se disant que le gamin avait été chargé par le vieux Joseph de renouveler le versement, elle gratifia celui-ci d'un éclatant sourire.

— Ton grand-père est un prince. Un vrai prince. Le descendant du prince est le bienvenu !

Elle se courba, appliqua ses deux paumes de chaque côté de la croupe du chien, et poussa l'animal en avant, de toutes ses forces.

— Disparais, abruti ! Ce garçon, c'est comme mon fils. Va te coucher, Lotus ! « Couché », j'ai dit.

La queue entre les jambes, le molosse ne se le fit pas redire. Il se dirigea d'un pas lent vers son second abri, creusé à l'ombre d'une ancienne stèle funéraire. Le terreau, nouvellement remué, procurerait une confortable fraîcheur durant les prochaines heures qui s'annonçaient torrides.

— Ton grand-père t'a chargé d'une commission pour moi ?

— Il m'a dit : « Asma tiendra parole, elle t'indiquera l'emplacement. »

— Rien d'autre ?

— Rien d'autre.

C'était, décidément, la journée des duperies ! Dissimulant son désappointement, elle chercha du même coup à se dédommager :

— Il faudra d'abord que tu me rendes un service.

— Ce que tu veux, dit l'enfant.

Voulant aussitôt se disculper auprès du vieux Joseph, à qui le gamin rendrait forcément compte de sa visite, elle prit celui-ci à témoin en se lançant dans une de ses habituelles diatribes.

— Tu répéteras à ton grand-père que je suis mariée à un vaurien. À un parasite ! Il ne pense qu'à manger, qu'à faire la sieste. Il va même jusqu'à profaner l'intérieur des caveaux en...

Elle s'arrêta net ; soupira, renifla avant de reprendre :

— Non, ça je ne peux pas le répéter, tu n'es qu'un enfant après tout ! Mais lui, Joseph, il comprendra. Dis-lui que j'ai dû taire certaines choses, à cause de ton jeune âge ! Tu as bien compris ?... Tu ajouteras que ce fainéant change sans arrêt de cachette pour me faire perdre sa trace. Il a rendu mes propres enfants complices de cet abominable jeu. Depuis des semaines, il ne vient même plus coucher la nuit chez nous. Heureusement que Lotus est là pour nous défendre, moi et mes petits ! En ces temps de chambardements, les voleurs, les maraudeurs, les assassins sont partout. Comment pourrais-je me passer de Lotus ? Il ne t'a pas fait trop peur au moins ?

Les mains en cornet devant sa bouche, Asma se mit à appeler sa marmaille, d'une voix tonitruante.

— Saïd ! Élie ! Où êtes-vous cachés, fils de chien ! Il y a du travail par ici !... Marie ! Emma ! Soad ! Vous avez des cœurs de pierre, pas des cœurs de filles !... Naguib ! Brahim ! Boutros ! Où êtes-vous mes enfants ? Vous me ferez tous mourir !

Elle menaçait de se déchirer la poitrine, de se griffer la face jusqu'au sang. Elle gesticulait dans tous les sens. Soulevant ses manches de tragédienne, elle agitait ses robes de vagues et de remous.

Mesurant ces excès d'un œil à la fois lucide et indulgent ; tenant compte de la fatigue, de l'exaspération et de l'outrance de ce caractère ; l'enfant gardait son calme, attendant l'embellie.

La voix de la gardienne s'apaisa.

Ses robes s'amassèrent autour d'elle, sa chevelure s'aplatit. Elle s'appuya sur l'épaule du gamin, et murmura, plaintive :

— C'est vrai qu'ils me feront mourir. Tous les travaux je les fais seule, je ne suis qu'une femme après tout ! Tu le diras à ton grand-père. Tu lui diras que c'est pour cette raison que je t'ai demandé de me venir en aide. Une heure ou deux seulement. Je te montrerai ensuite la tombe de tes parents.

Elle se baissa, l'embrassa sur le front.

— Elle t'a drôlement arrangé la guerre, mon pauvre petit !

— Je t'aiderai, dit-il, pressé de retrouver la tombe.

Asma lui prit la main, l'entraîna vers le tuyau d'arrosage qui gisait sur le sol. Elle souleva le boyau, l'enroula autour de la nuque d'Omar-Jo, le fit pendre par-dessus son épaule et plaça le collet dans sa main droite :

— De cette façon, tu pourras te débrouiller.

Elle l'accompagna ensuite jusqu'au branchement d'eau :

— Tu arroseras les tombes qui en ont besoin, et puis l'allée centrale. Mais pas de gâchis. L'eau vaut plus cher que le diamant ! Elle peut disparaître d'une seconde à l'autre... Alors, tu crois que tu sauras t'en occuper ?

— Je saurai, dit l'enfant.

Sentant qu'elle pouvait lui faire confiance, elle lui indiqua où trouver, le travail accompli, la sépulture de ses parents.

— Quand tu auras terminé l'arrosage, tu la découvriras au bout du cimetière, au bas d'un mur écroulé. Tu reconnaîtras la dalle sur laquelle ton grand-père a gravé leurs initiales.

— Je la reconnaîtrai.

Malgré la désolation des lieux, Omar-Jo allait éprouver, grâce à cette eau, quelques moments d'euphorie.

Filtrant tantôt l'orifice du tuyau, tantôt le libérant, il en faisait jaillir un mince filet ou un torrent, un ruisseau ou une cascade.

Il se plut à faire revivre l'herbe, à ranimer les feuillages en berne, à inonder les racines stagnantes. Il pourchassa la poussière qui recouvrait les marbres d'un linceul noirâtre, faisant affleurer leurs veines et leur vernis. Les fleurs artificielles scintillèrent, les flaques de boue se changèrent en étang ; quelques corbeaux s'y précipitèrent, mouillant leurs ailes, y barbotant avec délice.

Faisant fi de toute épargne, Omar-Jo prodigua à cette terre aride et meurtrie des flots liquides qu'elle résorbait aussitôt. Participant à cette soif, à ce désir, il s'imbiba la face, s'aspergea la tête et le cou, s'inonda le corps. Puis, à pleine bouche, il but de larges goulées de cette eau effervescente.

Un peu plus tard, l'enfant n'eut pas de mal à reconnaître le carré de marbre avec les initiales d'Omar et d'Annette sous « 1987 », date de leur éternelle union.

Omar-Jo filtra l'eau avec ses doigts pour qu'elle s'écoule en pluie fine, en caresses, sur les deux noms entrelacés.

Finalement, il s'agenouilla ; posa sa joue sur la dalle.

Sa face était trempée d'eau douce, mélangée à l'eau plus salée des larmes.

Omar-Jo quittait et reprenait le spectacle, comme s'il n'existait aucune cloison entre un monde et l'autre.

Il circulait autour du Manège, pénétrait dans la foule de plus en plus nombreuse. Il taquinait l'un ou l'autre, effleurait leurs visages avec son mouchoir jaune ou sa tulipe en tissu ; posait un baiser, qui laissait une grosse tache écarlate, sur la joue d'un tout-petit.

Tous les zannis, tous les fools, tous les gracioso, tous les jongleurs, les nomades, les clowns blancs, les monsieur Loyal, les Auguste, des temps passés et présents l'habitaient tour à tour.

Entremêlant irrévérence et cérémonies, éloquence et diableries, silence et acrobaties, il gardait en éveil l'attention des jeunes et des vieux. Il cherchait parfois à faire de Maxime son partenaire ; mais celui-ci résistait.

L'enfant se servait alors de son plumeau comme interlocuteur ; l'injuriant ou le flattant, avant de s'en épousseter langoureusement la face.

Omar-Jo savait communiquer ; même ses dérapages sinistres semblaient acceptés par le public. Il parvenait à s'infiltrer dans chaque âge, comme s'il les avait tous traversés ; métamorphosant en un clin d'œil sa chair lisse et fruitée en un tissu fragile et flasque.

— À douze ans comment sais-tu tout cela ?

L'enfant l'ignorait. Ce savoir jaillissait de lui comme si chaque étape de l'existence s'était gravée dans ses fibres ; comme si jeunesse, âge mûr, vieillesse, faisaient déjà partie de son être. Aucune de ces périodes ne lui inspirait de la crainte, ou de l'aversion. Il suffisait qu'il pense à son grand-père Joseph, juché sur ses quatre-vingt-six ans, pour mesurer par exemple les ressources du vieil âge.

Un soir, peu avant la fermeture, Omar-Jo se jeta à trois pattes sur la plate-forme en hurlant comme un chien à la lune :

— Solitude !... Solitude !... Revenez demain, mes amis ! Revenez !

Était-ce le comble de l'habileté ? Maxime se le demandait tandis, qu'épuisé, il était tombé assis, auprès d'Omar-Jo, les jambes pendantes au bord du Manège. Côte à côte, l'enfant et le forain se partagèrent une barre de chocolat.

— Pourquoi as-tu poussé ce cri terrible ? Il me déchire.

— Ne t'inquiète pas, Maxime. Tu ne seras jamais seul.

— Qu'est-ce que tu en sais ?

— Tu m'as !

— Ah ? fit Maxime.

— Et moi, je t'ai !

— C'est comme ça que tu vois les choses ?

— C'est comme ça qu'elles sont.

— En tout cas, par ta faute, je n'aurai pas de vacances cet été : on travaille !

— Tu veux dire qu'on joue ! conclut l'enfant.

Depuis quelque temps, parmi les habitués du Manège, l'attention de Maxime s'était fixée sur une jeune femme d'une trentaine d'années. De son chignon, planté haut sur la nuque, s'échappaient des mèches blondes ; elle portait des lunettes rondes, cerclées d'une fine monture dorée. Son visage était avenant, rieur. Un grain de beauté, surmontant sa lèvre supérieure, lui donnait un air mutin.

Tous les jours, elle changeait de corsage ; mais jamais de jupe. Celle-ci, toujours la même, était d'un rouge flamboyant ; elle s'évasait, en corolle, à partir de la taille et recouvrait à peine les genoux. Les bas et les chaussures étaient de même couleur. Le forain l'avait surnommée « la femme-coquelicot ».

Le succès du Manège se reflétait sur la personne du forain. Il avait perdu du ventre, changeait chaque matin de chemise ; souriait plus souvent.

Les grand-mères qui, durant sa déroute, l'avaient considéré comme quelqu'un de leur génération, le traitaient, à présent, en fils aîné ; à la rigueur, en jeune frère cadet. Les mères, et autres accompagnatrices, redevinrent à ses yeux plaisantes et pleines d'attraits. Lorsqu'il passait entre leurs rangs pour distribuer les tickets, il risquait, en direction de l'une ou de l'autre, une œillade, une plaisanterie.

Mais il gardait une prédilection pour la femme-coquelicot. Celle-ci arrivait en tenant par la main une fillette aux boucles apprêtées, engoncée dans une robe en percale rose. Elle portait de hautes chaussettes en fil blanc, des escarpins vernis. Son aspect guindé contrastait avec l'allure naturelle et décontractée de son accompagnatrice.

Toutes deux passaient une grande partie de l'après-midi auprès du Manège. Chaque fois qu'un tour se terminait, d'une voix autoritaire et capricieuse, la petite fille en réclamait un autre. Cela n'en finissait jamais, d'autant plus qu'on lui cédait facilement.

Lorsqu'elle redescendait sur le terrain, elle réclamait, sur-le-champ, un ballon, une toupie, une glace, une barbe à papa, vendus dans une boutique à côté.

De retour, elle exigeait un autre tour de piste.

— Il est tard, ce sera le dernier, Thérèse.

L'enfant ne tenait aucun compte des avertissements. Elle regrimpait sur la plate-forme, jetait son dévolu sur l'un des chevaux, obligeant, s'il s'en trouvait, le premier occupant à déguerpir.

Omar-Jo l'observait de loin.

Dès que le Manège se mettait en mouvement, une complète métamorphose s'opérait.

Le buste penché en avant, la joue contre l'encolure de la bête, Thérèse paraissait en pleine cavalcade. Ses boucles se relâchaient, ses lèvres se desserraient. Bouche ouverte, elle aspirait le vent ; imaginant l'espace, elle s'oubliait.

En un saut, Omar-Jo atterrit sur un cheval voisin. Cherchant à rivaliser avec l'insolente écuyère, il leva une jambe à l'horizontale, se maintint en équilibre.

Elle le fixa, émerveillée.

— Je fais aussi bien que toi, lui lança-t-elle. Mais sur un vrai cheval ! Mon père possède une écurie.

La femme-coquelicot ne quittait pas le gamin du regard. Depuis plus d'une semaine, pour assister à son spectacle, elle se prêtait aux caprices de Thérèse.

Elle avait vu quelques-uns de ses déguisements, quelques-unes de ses interprétations. Hier encore, il déambulait en « Charlot », petite forme déchirante et sombre, surgissant parmi les montures bariolées.

Avec un morceau de charbon, il s'était dessiné la fameuse moustache ; s'était procuré un nœud de cravate noir, et même un chapeau rond. Ses manches de veste, d'une longueur excessive, dissimulaient l'absence de son bras gauche. De l'autre, il faisait tournoyer, avec aisance, une branche taillée en forme de canne.

En parlant, il entremêlait différentes langues en un murmure magique. Puis, soudain, il élevait la voix :

J'habite toute la terre
Je pleure ou bien je ris
Pour là-bas Pour ici
Pour les grands Pour les petits
J'habite sous la terre
Qui ne m'a pas englouti !

Lorsqu'il passait à proximité de Thérèse, elle avançait sa main, cherchant à saisir un pan de son vêtement comme pour s'assurer de son existence. Mais, chaque fois, il lui échappait.

— Encore un tour ! insista la fillette.

La femme-coquelicot fouilla dans son sac.

— Je n'ai plus d'argent, Thérèse. Rien que des tickets d'autobus pour rentrer.

Persuadée que sa détermination provoquerait le miracle, la petite fille ne tint aucun compte de la réponse qu'on venait de lui faire.

— Un dernier tour. Dépêche-toi, le Manège va partir ! poursuivit-elle en trépignant.

— Elle est à vous cette petite ? demanda le forain.

— Oui, dit la femme qui continuait de fourrager fébrilement dans son sac.

— Ne cherchez plus.

Il saisit l'enfant par la taille, la souleva et la posa, à califourchon, sur le cheval alezan.

La femme-coquelicot se confondit en excuses.

— Je vous rembourserai demain, sans faute.

— C'est gratis.

— Gratis !... Mais pourquoi, gratis ?

— Pour mon plaisir.

Il avait aimé faire ce geste. Il répéta : « Gratis, gratis... » pour la saveur du mot. Tout de suite après il se demanda s'il venait d'accomplir un acte spontané, ou si c'était, simplement, en prévision de quelques faveurs ?

Baissant ses lunettes jusqu'au bout de son nez, la femme lui découvrit des yeux d'un gris-bleu plein de malice.

— Je m'appelle Maxime.

— Comme saint Maxime ?

— Mais, moi, je ne suis pas un saint. Loin de là !

Il se souvint, avec agacement, d'Odile, une camarade d'école, bavarde, collante et laide. Année après année, elle lui faisait parvenir des vœux le jour de son saint patronymique ; des cartes si fadasses qu'elles lui donnaient envie d'échapper à tous les saints, apostoliques et romains pour s'appeler : Levy ou Omar, par exemple !

— Appelez-moi Max, suggéra-t-il.

Elle enchaîna :

— Votre petit garçon est formidable. Si j'étais dans le cinéma, je l'engagerais tout de suite.

— Ce n'est pas mon fils. Mais c'est tout comme, s'empressa-t-il d'ajouter.

— Je n'ai jamais rien vu de plus tragique et de plus drôle que cet enfant ! Je reviens tous les après-midi.

— Je l'avais remarqué.

Il se faisait tard, le Manège amorçait ses derniers tours. Le public s'était, en grande partie, dispersé.

Apercevant à travers le hublot une masse touffue de cheveux, Maxime cria en direction de la cabine :

— Omar-Jo, quand tu te seras rhabillé, viens par ici. On t'attend !

L'enfant se dévêtait ce jour-là d'un habit de lumière, rehaussé des couleurs d'Arlequin.

Émergeant de la cabine, son corps soudain fluet et chétif avait l'aspect d'un papillon aux ailes brûlées. Son moignon perçait au bout de la manche de son tee-shirt. Les fards, mal effacés, laissaient de longues traînées brunâtres sur ses joues.

— Tu sais ce qu'elle vient de me dire la dame ? Que tu devrais faire du cinéma.

— La vie c'est du cinéma, répliqua-t-il.

— D'où viens-tu ? demanda la femme.

— De partout.

— Je m'en doutais.

Ils semblaient se comprendre à demi-mot.

— Comment t'appelles-tu ? demanda l'enfant.

— « Cher », à cause de ma mère, américaine. Et Anne ; mon père était français.

— Tu as un double nom, comme moi.

— Oui, comme toi. Mais on m'appelle surtout « Cher ».

Maxime s'éloigna pour boucler le Manège, et en faire descendre Thérèse qui, soudée à son cheval, exécutait, presque seule sur la piste, ses derniers tours.

— Ma mère s'appelait Annette, dit Omar-Jo. Anne, Annette, c'est presque pareil.

Il la fixa, compara un instant une jeune femme à l'autre. D'apparence, elles n'avaient rien de commun.

— Ça me fait plaisir d'avoir le même nom que ta mère.

Le son de sa voix lui plut. Sa simplicité aussi ; et cette gaieté qui émanait de sa personne.

— Je t'appellerai « Cheranne ».

— Cher et Anne ? Les deux ensemble ?

— Non : « Cheranne ». En un seul mot.

Cher grand-père,

À présent, j'habite un Manège. Tu l'aimeras beaucoup. Je te le dis parce que tu viendras me voir bientôt, j'en suis sûr. Ta danse du sabre fera merveille au milieu des chevaux de bois, tous les enfants t'applaudiront. Plus tard, quand je serai grand, je rachèterai ce Manège. Il sera à nous deux !

Je ne vois pas beaucoup Antoine et Rosie, ils sont très occupés. Comme tu le sais, le commerce prend du temps. Ils sont partis en vacances depuis quelques jours, ils en avaient besoin. Nous nous sommes mis d'accord, eux et moi, pour que je reste.

Ne t'inquiète pas, grand-père, j'ai des amis. C'est, d'abord, le forain : il s'appelle Maxime. Maxime comme le saint ; mais ce n'est pas un saint ! Il grogne trop souvent, et pour pas grand-chose. Mais ça ne dure pas. Sans qu'il me le dise, je crois qu'il m'aime bien ; je l'aime bien moi aussi.

L'autre personne, je viens de la connaître, s'appelle : Cheranne. Elle me fait penser à Annette, ou bien peut-être que je dis ça à cause de leurs noms qui se ressemblent. Tu les verras bientôt Maxime et Cheranne. Maintenant que le pays est plus calme, tu pourras prendre l'avion et venir en quelques heures. Fais-le en automne. Beaucoup de choses se préparent ici, et le Manège sera encore plus beau ! Tu viendras, n'est-ce pas ? Je t'attends.

Ton petit-fils qui t'aime
Omar-Jo

Le vieux Joseph avait fait de son mieux pour que l'enfant quitte le pays.

— À ton âge, il faut visiter la Terre.

Au début, Omar-Jo ne voulait pas entendre parler de ce départ. Il se raccrochait à son aïeul, aux gens du village, hospitaliers et chaleureux. Il craignait, en changeant de lieu, d'effacer de sa mémoire le souvenir de ses parents.

— Omar et Annette ne s'effaceront jamais ; ils t'habiteront toujours. Ne reste pas enfermé ici, Omar-Jo. Tu es né avec la guerre, tu ne dois pas vivre avec la guerre. Il faut voir le monde, connaître la paix. Les racines s'exportent, tu verras. Elles ne doivent pas t'étouffer, ni te retenir.

— Grand-père, tu n'es jamais parti ?

— Je n'ai pas pu, les circonstances... Ma tête, elle, a beaucoup voyagé !

— La mienne aussi voyage.

— Ça ne doit plus te suffire, petit. Tes yeux ont besoin d'autres horizons.

— Loin de toi, je serai si seul.

— Tel que tu es, tels que nous sommes, toi et moi, nous ne serons jamais seuls. Mais tu garderas toujours au fond de toi un coin de solitude, parce que tu aimes ça ; parce que tu auras besoin de ça pour te retrouver. Tu disais parfois à tes parents : « Faites comme si je n'étais pas là », tu te souviens ?

— Qu'est-ce que je ferai, là-bas, après l'école ?

— Je te fais confiance, Omar-Jo, tu trouveras.

Joseph se disait aussi qu'un enfant ne doit pas partager, trop longtemps, la vie d'un vieil homme. Il fallait le reconnaître, il était devenu vieux : le corps ne suivait plus la fougue de l'âme, la chair devenait plus sourde aux frémissements du cœur, l'espoir s'était engourdi. Omar-Jo devait bâtir autrement, ailleurs, que sur le seul passé ; et transformer les images dévastatrices en images d'avenir.

S'obstinant dans son refus, l'enfant se cramponnait à son grand-père ; traînant des heures, à sa suite, dans la maisonnette ; puis, dans le jardinet et le terrain alentour.

Enfin, il s'était laissé convaincre. Joseph étant illettré, ce fut Omar-Jo qui rédigea la première lettre à Antoine et Rosie. Ensemble, ils attendirent la réponse.

Quelques jours avant le départ, l'enfant s'attarda près du carré de vignoble, se plongeant dans l'observation d'une fourmilière. Au crépuscule, il se percha entre les branches du grand pommier.

De là, il contempla la ville. Sa ville, bordée de mer, entourée de riantes collines. Qu'elle paraissait innocente et joyeuse, de si loin, de si haut ! Elle, la cité meurtrière !

Joseph aurait souhaité donner à Omar-Jo le sabre des cérémonies, son bien le plus précieux. Mais l'encombrant paquet compliquerait son voyage.

À la veille du départ, il lui offrit, dans un petit sac transparent, une poignée de terre de leur colline.

Au port, quelques minutes avant l'embarquement, il glissa, à l'annulaire de son petit-fils, la bague d'Omar surmontée du scarabée.

— Je te quitte, dit l'enfant retenant ses larmes.

— Tu m'emportes, dit le vieux.

Annette avait trouvé son premier emploi à quatorze ans, comme bonne à tout faire, chez Lysia, une veuve émigrée d'Égypte.

Ruinée par de récentes mesures de séquestration des biens, Lysia avait accompli en 1962 le chemin inverse de celui de ses ancêtres, partis du Liban il y avait une centaine d'années pour fuir les conflits communautaires et la famine. Ces derniers avaient trouvé refuge et fortune sur la terre du Nil, et s'y étaient parfaitement intégrés.

La révolution datant de 1952 devait mettre fin à de criantes injustices. Elle s'était déroulée pacifiquement à l'image de ce pays tolérant et peu sanguinaire. Des mesures inattendues s'étaient, plus tard, abattues sur quelques familles les privant de leurs biens. Lysia s'était trouvée dans le lot, et dut abandonner la villa héritée de son père. Sa somptueuse demeure, tenue par une ribambelle de serviteurs, avait navigué durant quelques décennies, hors du temps, sous sa conduite à la fois autoritaire et familière.

Dans chaque pièce de la villa trônait la photographie de son époux. Il y avait une cinquantaine d'années que celui-ci, passionné de nautisme, avait disparu en mer avec d'autres plaisanciers, lorsque son yacht à voile sombra à la sortie du port d'Alexandrie.

Lysia contemplait toujours ses portraits en larmoyant :

— Si seulement tu étais encore ici, à mes côtés, mon pauvre Élie !

Avec le temps le beau jeune homme ressemblait à un petit-fils plutôt qu'à un mari. Son regard tourné vers le lointain cherchait, semblait-il, à échapper à la somptueuse demeure et à son ardente geôlière.

Depuis son exil, Lysia habitait un deux-pièces à Beyrouth, dans un immeuble moyen. Tentant d'y faire revivre son opulent passé, elle avait récupéré, grâce à des amis influents : des vases et des assiettes de Chine, un tapis Boukhara, un canapé signé Jansen, des bibelots de jade, des verreries de Damas, son argenterie, pour en bourrer son étroit logement.

Dans cet espace saturé, on se déplaçait à grand-peine. Lysia espérait, par cet étalage, rappeler à tous ses visiteurs sa splendeur écoulée ; et leur imposer le respect toujours dû à une personne de son rang.

Dans le même espoir, elle passait plusieurs heures devant sa glace cherchant à recomposer un visage longtemps évanoui.

Sa table de toilette, surmontée d'un miroir ovale cerclé de chérubins, était encombrée de pots et de flacons.

Chaque matin, devant Annette, elle entreprenait sa métamorphose ; engloutissant, graduellement, sous les pâtes et poudres, ce visage naturel et blême, attendrissant de fragilité.

De temps à autre, elle s'adressait à la jeune bonne, dont la présence silencieuse et discrète la réconfortait.

— Te rends-tu compte, Annette ? J'avais neuf domestiques à mon service, maintenant je n'ai plus que toi !

Se reprenant, elle lui faisait signe d'approcher, et lui tapotant la joue :

— Mais tu les vaux tous ! Tous.

Le résultat de son maquillage multicolore la satisfaisait. Sauf pour le cou, qu'elle finissait par envelopper dans des foulards de soie, ou par dissimuler sous des colliers à l'africaine.

En brossant sa chevelure jaunâtre et métallique, elle confiait à Annette d'autres bribes de son passé, se vantait de ses succès, de ses fréquentations.

Soudain, impatientée par ses cheveux rétifs – elle n'avait plus les moyens de se payer le coiffeur – elle les enfermait dans un turban fuchsia.

— Comment me trouves-tu, Annette ? demandait-elle sans se soucier de la réponse.

Puis, en soupirant, elle glissait à son bras, à ses doigts, des faux bijoux qui remplaçaient mal ses joyaux confisqués.

Annette éprouvait de la compassion pour Lysia qui soutenait chaque jour cette lutte dérisoire ; elle ressentait même une sorte d'attachement pour cette vieille dame inconsciente et tenace, généreuse et mesquine. Celle-ci la comblait subitement de colifichets et de robes à l'ancienne, qu'elle reprenait aussitôt. Elle l'hébergeait, la nourrissait copieusement, lui donnait de l'argent de poche, mais n'avait jamais proposé de gages.

— Qu'en ferais-tu ? Chez moi, tu as tout ce qu'il te faut !

— Plus tard, disait Lysia, c'est moi qui m'occuperai de te trouver un époux.

— Non, pas ça. Jamais ça !

Ce « non » vigoureux et sans réplique, la stupéfia. Sans doute avait-elle mal compris.

— Tu as bien raison, Annette. C'est trop tôt, bien trop tôt pour y penser.

Elle n'avait pas l'intention de hâter les événements. Cette enfant pouvait lui être utile durant longtemps encore ; la charge d'un mari et d'enfants bouleverserait leur situation commune.

Mais Annette revint à la charge.

— Je veux dire que : c'est moi, qui choisirai mon époux. Moi, seule !

Leurs deux visages se reflétèrent, ensemble, dans le miroir ovale.

Lysia fixa, avec un étonnement indicible, celui de la jeune fille d'habitude si conciliante. Que lui réservait l'existence ? Quels souvenirs amoncellerait-elle pour ses vieux jours ?

L'idée que la « jeunesse », cette belle et brève jeunesse, était gaspillée sur des êtres qui ne pouvaient en jouir, ni en tirer profit, la faisait frémir : « Quel gâchis ! »

Si on pouvait lui offrir une seconde chance, si ses seize ans, à elle, Lysia, pouvaient être de retour... À ce prix, elle accepterait pour sien même le visage d'Annette. Elle s'approprierait ces yeux ternes, ces cheveux plats, ce nez allongé. Oui, pour être « jeune », une fois de plus, elle entrerait, s'il le fallait, dans la peau d'Annette. Ensuite, elle s'en débrouillerait !

La vieille dame repoussa sa chaise, se redressa péniblement. Ses articulations se faisaient douloureusement sentir.

Debout, sa maigreur lui donnait l'apparence d'un épouvantail : une tête de mannequin en plâtre, fixée au bout d'un bâton noueux.

Lysia ne portait ni soutien-gorge, ni culotte, sous sa combinaison bleue. Seins, ventre, fesses s'étant racornis, sa chair desséchée n'avait plus rien d'impudique.

Elle avait gardé l'habitude, durant les matinées, de se promener à moitié dévêtue ; allant et venant, comme jadis – lorsque son corps était pulpeux et désirable – sous le regard des domestiques comme si ceux-ci n'avaient été que des ombres, des fantômes asexués.

Cinq jours que la femme-coquelicot n'était pas reparue. Le dernier après-midi, Maxime s'était retenu pour ne pas corriger l'insupportable fillette ; il se demandait avec inquiétude s'il existait des points communs entre la mère et l'enfant. À son soulagement, il n'en trouva aucun.

— Elle doit ressembler à son père !

— Quel père ? De qui parles-tu ? demanda Omar-Jo.

— De cette Thérèse. Elle fait faire à sa mère tout ce qu'elle veut. Si elle était à moi...

— Tu oublies que c'est toi qui lui as offert un tour de piste gratis.

— Ce n'était pas pour cette petite garce !

— Ah ?... C'était pour qui ?

— Ne prends pas l'air innocent, Omar-Jo. Au fait, comment s'appelle-t-elle ?

— Qui ça ?

— Eh bien, sa mère !... Vous n'en finissiez pas de vous parler. Elle t'a certainement donné son nom.

— Elle s'appelle : Cheranne.

— Cheranne ? C'est encore une invention à toi, ce nom-là !

— Appelle-la : Cheranne. Je parie qu'elle te répondra.

— Tu ne manques pas de toupet, Omar-Jo. Dès qu'ils te plaisent tu traites les inconnus comme des amis, tu les tutoies comme s'ils avaient ton âge !

— Pourquoi perdre du temps, Maxime ? Elle est courte la vie.

— Dire ça à douze ans ! Tiens tu aurais mérité quelques bonnes corrections toi aussi. Tu n'en as jamais reçu de ton père ? Tu ne réponds pas, tu as du mal à t'en souvenir. Ça ne devait pas être très souvent. Dommage, ça t'aurait fait du bien !

Omar-Jo n'avait que huit ans à l'époque. Ce soir-là, assis par terre devant la télévision, il refusait d'aller se coucher malgré les injonctions d'Annette.

Depuis plus d'une heure, la canonnade avait subitement repris. Ces derniers temps, l'illusoire trêve avait duré ; en dépit de sporadiques affrontements, l'existence s'était, peu à peu, normalisée.

Ce soir-là, le sifflement des bombes avait été plus insistant. Les combats reprenaient-ils ? Omar et Annette chuchotaient, en se tenant par la main. Sans vraiment les inquiéter – le voisinage avait toujours été ouvert, accueillant – leur situation particulière les rendait plus vulnérables que d'autres. Ils cherchaient à se parler, ensuite à téléphoner à des proches, sans inquiéter l'enfant.

— Il est l'heure de te coucher, Omar-Jo.

Celui-ci ne bronchait pas. Il avait augmenté le volume du son. Le cou tendu, la tête en avant, il cherchait à échapper aux bruits des projectiles ; à entrer dans l'image, pour y trouver refuge.

Le sifflement des lance-roquettes, le grondement des canons se rapprochaient.

Annette et Omar revinrent à la charge. Il leur fallait, à tout prix, demander conseil ; peut-être trouver asile dans un abri proche. Leur immeuble n'avait ni cave ni sous-sol.

— Laissez-moi regarder ! Laissez-moi tranquille ! s'écria Omar-Jo.

Toujours assis il glissa sur le sol, s'avançant jusqu'à toucher l'écran.

Omar, d'ordinaire si calme, bondit vers son fils. Il le souleva, l'emporta sous son bras dans la chambre d'à côté. Celui-ci se débattait furieusement.

S'asseyant sur le lit, il étendit l'enfant sur le ventre et lui administra la fessée.

La stupéfaction d'Omar-Jo le rendit muet. Le visage redressé il fixait sa mère, debout dans l'entrebâillement de la porte, tout aussi ahurie que lui.

— C'est la première et la dernière fois, conclut Omar après avoir remis l'enfant sur ses jambes. Nous ne vivons pas des temps faciles. Toi, tu dois apprendre à grandir encore plus vite que les autres, Omar-Jo.

Il l'embrassa, le serra contre lui. L'enfant sentit contre sa joue le grattement de la moustache de son père. Sa mère, qui s'était rapprochée, lui passait la main dans les cheveux.

— Rien ne vous arrivera. Jamais rien ! supplia-t-il.

— Rien, dit Omar.

— Rien, rien ! reprit Annette. Il ne faut pas t'inquiéter.

Le nombre des obus qui pilonnaient la nuit semblait se réduire.

Mon père m'a fessé une fois. Une seule fois.

— Et des gifles ? Tu n'en as jamais reçu ? demanda Maxime.

— Personne n'oserait me gifler. Personne !

— C'est bon, ne te fâche pas. Mais je ne vois vraiment pas la différence. C'est toujours des coups, non ?

— Une gifle, c'est une insulte.

Il reprit en s'esclaffant :

— Moi, seul, j'ai le droit de me gifler. Regarde !

Du plat de la main, il s'administra une série de baffes sur une joue, puis sur la seconde. Le sang rosissait ses pommettes ; il riait aux éclats.

— J'ai compris : tu me mets en garde, dit le forain, et tu fais ton cirque de nouveau !

— Je me défends comme je peux, oncle Maxime.

— Oncle Maxime ? Depuis quand suis-je ton oncle ?

— Je t'ai adopté ! dit-il, avant de s'éloigner en pirouettant.

Leur dialogue se poursuivit par-dessus la bâche.

— Alors, c'est toi qui m'adoptes ? Je te remercie de me prévenir, Omar-Jo. Je ne m'étonne plus de rien ; avec toi, l'envers devient toujours l'endroit !

Après un dernier entrechat, l'enfant revint se planter devant le forain.

— Si jamais je l'abandonnais, ton Manège, voilà ce qu'il deviendrait...

Il étira son bras, donna à sa main, à ses doigts la forme d'un avion : ailes et carlingue. S'accompagnant ensuite de vrombissements, de sifflements, il fit voler la machine, d'abord, en rase-mottes ; puis, s'élever et virer, avant de se retourner, de se cabrer, de piquer vers le sol pour s'y écraser dans une étourdissante explosion.

— Vantard ! Sale petit orgueilleux !

— Tu as raison, oncle Maxime. C'est l'orgueil qui me tient debout. Qui nous tient debout, là-bas.

Le soir, ils quittaient le square, ensemble, pour retrouver le logement du forain.

Quand la nuit était douce, ils rentraient à pied ; flânant le long de la rue de Rivoli, allongeant le chemin pour remonter par le boulevard Henri-IV, circulant autour de la colonne de la Bastille, contemplant les vitrines du Faubourg-Saint-Antoine.

— Ça te plairait qu'on soit installés, tous les deux, dans un salon comme celui-ci ?

— Pas tellement, fit l'enfant, je préfère ton carrosse.

Omar-Jo entraînait le forain, derrière lui. Ils pénétraient l'un après l'autre, dans les cours, dénichaient un vieux puits, une fontaine, l'escalier des Mousquetaires, un lavoir. L'enfant découvrait différents passages, s'amusait de leurs noms.

— Passage de l'Homme, du Cheval-Blanc, de la Bonne-Graine, de la Main-d'Or...

— Sacré gamin, tu m'apprends mon quartier !

À proximité du Manège, l'enfant chercha à savoir ce que représentaient les quatre statues sur la façade du théâtre du Châtelet.

Maxime dut consulter son guide.

— Ce sont : le Drame, la Comédie, la Danse et la Musique.

— Un jour, je ferai tout ça.

— Tout ça, ensemble ? Tu ne doutes de rien !

— Dans notre futur spectacle.

— Notre futur spectacle !... Tu vois un peu loin, Omar-Jo, tu ne trouves pas ?

D'autres fois, ils s'arrêtaient en chemin, s'asseyaient sur un banc public ; mangeaient un sandwich, arrosé de bière et de limonade.

C'est là, qu'un soir, Omar-Jo traduisit au forain la lettre qui lui avait été adressée par son grand-père.

Ami Maxime, pour mon petit-fils, merci !

Je viendrai voir votre Manège, un jour. En attendant, il tourne dans ma tête ; je le chéris et le décore de tous les fruits de mon jardin. Par moments, il s'élève comme une soucoupe volante, et plane ou tournoie juste au-dessus de ma maison.

Depuis quelque temps, nos journées sont tranquilles. Les transports publics sont rétablis, le courrier a repris. Je crois pouvoir, bientôt, t'expédier des abricots et des pêches. Tu t'en régaleras.

Notre existence, notre Manège à nous, s'enfonce encore dans les ruines ; mais à présent que les armes se sont tues, de village en village nous arrivons, peu à peu, à recomposer la chaîne, et à nous retrouver. Il faudra bien que ça tourne rond, un jour ! Que notre peuple tout entier remonte sur le même Manège qui s'ébranlera, progressera sur une musique d'espoir. Tu me comprends, Maxime ? Tu sais que je ne rêve pas ? Souviens-toi de vos propres guerres et de l'horrible occupation...

Omar-Jo t'aura dit que je ne sais pas écrire. C'est l'instituteur du village voisin qui est venu, tout exprès, pour cette lettre. Mais la signature sera de moi. Tu la trouveras au bas de cette page. Ce sera la marque de mon pouce, avec un peu de terre dans les plis.

Merci, ami Maxime. Il fallait que l'enfant connaisse un monde en paix.

— Donne-moi cette lettre, je veux la garder, dit le forain.

L'enfant posa ses lèvres sur la trace du gros pouce. Puis, il la lui tendit.

Parfois Maxime et l'enfant dînaient à la terrasse d'un café.

— Ce soir, c'est toi qui choisis l'endroit, Omar-Jo.

Ils s'arrêtèrent devant la brasserie des Trois Portes. Maxime détailla le menu, fixé à l'extérieur.

— Viens. Viens vite.

L'enfant le tirait par le bras.

— Laisse-moi examiner le menu. Si ce n'est pas trop cher, on entre.

— On entre en tout cas.

— Tu ne vas tout de même pas me donner des ordres !

— Tu as dit : ce soir c'est toi qui choisis. J'ai choisi : on entre !

Il l'entraîna vers la vitre dont le rideau intérieur était soulevé.

— Regarde. Là-bas, au fond. Tu vois ?

— Je vois plein de monde.

— Vers la droite : la jupe rouge, le tablier noir... Celle qui tient le grand plateau.

— La femme-coquelicot !

— Justement. Tu m'en parlais tout à l'heure. Alors, on entre ?

Maxime suivit l'enfant. Ayant pris les devants, celui-ci repéra une table qui dépendait du service de la jeune femme.

— À cette heure, Thérèse est sûrement au lit. Tu l'auras pour toi tout seul la femme-coquelicot.

— Tu garderas ta part, j'en suis sûr, Omar-Jo.

— Moi, j'aurai Cheranne !

Annette avait souffert de l'absence de cette mère qu'elle n'avait jamais connue, de sa grand-mère trop tôt disparue.

Malgré la sollicitude de Joseph, l'entourage féminin lui avait toujours manqué. Depuis qu'elle connaissait Lysia, elle reportait sur la vieille dame une part de cette tendresse réprimée. Elle l'entourait de mille soins, partageait les mêmes affinités, les mêmes antipathies.

Lysia souffrait de ne pas avoir « table ouverte », ses moyens ne le lui permettaient plus. Ne pouvant offrir que le café, le thé ou des limonades, Annette s'appliquait à présenter le plateau avec un napperon en dentelle, une fleur coupée ; à agrémenter ces boissons de confitures ou de gâteaux de sa confection.

Lysia avait une cousine, Élise. Celle-ci, ayant émigré quelques années auparavant, ne connaissait ni restrictions, ni difficultés. Son époux, Émile, un habile homme d'affaires ayant pu exporter une grande partie de leur fortune, tous deux vivaient luxueusement dans une proche banlieue qui dominait la cité portuaire. Malgré son affection pour sa cousine, Lysia ne pouvait s'empêcher de l'envier.

— Si ton Élie n'était pas mort, cela aurait été pareil pour toi, ma pauvre Lysia. Sans un mari pour s'occuper de ses finances, une femme ce n'est pas grand-chose ! Je te le dis, si je n'avais pas eu Émile...

Continuant de mener sa vie de rentier, Émile, à l'embonpoint affirmé et à l'élégance britannique, faisait fructifier leurs biens. Il consacrait ses journées à dessiner des chartes et des graphiques qui lui permettaient de suivre les quotations boursières de leurs divers placements. Fin gourmet, il donnait chaque matin des directives au cuisinier. L'après-midi, avec le concours du jardinier, il s'occupait de ses fleurs. Il avait même obtenu une race de roses panachées, baptisée « les Émiliotes », primée dans plusieurs concours.

Lorsque la saison s'y prêtait, au moment du départ, il en offrait une au bout de sa haute tige, à chaque invitée.

À part le cuisinier, le jardinier, avec leurs aides, le chauffeur, un domestique soudanais amené d'Égypte, le couple avait, également, à son service une jeune femme d'une trentaine d'années qui était sourde-muette.

Zékié possédait un ovale de madone, une bouche sensuelle, des yeux verts. Ses cheveux sombres et luisants, tressés en deux macarons, recouvraient ses oreilles. Elle était régulièrement vêtue d'une robe noire, de bas noirs ; et chaussée de souliers vernis à barrettes. Elle portait toujours un tablier impeccablement blanc et amidonné, ainsi qu'une coiffe rigide du même tissu. Pour servir à table, elle mettait des gants de fil.

Lysia, au tempérament plus brouillon, n'aurait jamais imposé à Annette une telle livrée ; ou bien pressentait-elle qu'en aucun cas, la jeune fille n'aurait accepté de revêtir cet accoutrement.

Apparemment, Zékié s'y conformait. Son visage demeurait lisse, son sourire presque trop affable. Mais parfois son regard laissait filtrer des éclairs de haine, qu'Annette avait surpris. Une fureur brève, brûlante, transperçait alors son mutisme et ce masque de douceur.

Insouciant, inattentif, le couple ne s'apercevait de rien. Sans égards, Élise rabrouait la jeune femme par gestes, devant témoins. Pointilleux, Émile la prenait sans cesse en défaut, lui indiquant, par quelques mouvements mimés, de quelle façon elle aurait dû agir. Pour toute réponse, Zékié baissait humblement la tête, cachant ses ressentiments au fond de ses prunelles.

Durant le repas, Annette se tenait à quelques pas de Lysia, veillant au moindre appel ; lui donnant ses pilules, recouvrant ses épaules d'un châle si le besoin s'en faisait sentir.

— Cette Zékié est une diablesse ! commentait Élise sans baisser le ton. Je l'ai surprise plusieurs fois en compagnie du jardinier : un homme marié, qui a une femme et cinq enfants ! Il les rejoint chaque dimanche à la montagne ; mais durant la semaine il couche ici. Je suis sûre, Émile, qu'il se passe des choses inavouables sous notre toit.

Elle s'irritait de l'indifférence de son époux dès qu'elle abordait ce sujet ; finissant par se demander si, lui aussi, n'avait pas profité des faveurs de cette dépravée.

— Elle fait bien son service, précisa Émile.

— Nous serions bien ennuyés, si elle tombait enceinte !

— On la renverra dans sa famille, voilà tout.

— Elle sera drôlement reçue dans son village.

— C'est son affaire.

Durant tout cet échange, la sourde-muette avait gardé un visage impassible. Le cœur serré, Annette la suivait du regard, se demandant si certaines de ces paroles ne s'étaient pas infiltrées, blessant ses tympans bouchés.

La jeune fille songea aussi, avec anxiété, à son futur enfant. Comment, par qui, lui viendrait-il ?

Tandis qu'Émile siestait, Élise ouvrait largement ses armoires en l'honneur de sa cousine.

— Je vais tout te montrer !

Habituée à cet étalage, Zékié exposa robes, manteaux et fourrures. Elle les maintenait, l'un après l'autre, au bout de leur cintre, disparaissant derrière chaque vêtement exhibé.

— Cape d'hermine de chez Revillon, récitait Élise. Robe de chez Maggy Rouff, déshabillé de chez Vionnet. As-tu remarqué ces emmanchures ?... Vison beu, col de renard, veste d'astrakan, tailleur de chez Chanel. Quelle coupe !... Jaquette de Schiaparelli... Approche, regarde un-peu ce boutonnage.

— Comment as-tu fait pour sauver ces merveilles ! soupirait Lysia.

Dans sa jupe et son corsage de petite confection, elle se sentait amoindrie, déchue. Appelant Annette à la rescousse, elle lui glissa à l'oreille :

— Elle ne se rend pas compte que tout ça c'est du passé. Du passé !

En 74, deux ans après cette visite, les hostilités éclatèrent.

En 77, la villa fut mise à sac : bibelots, cristaux, vaisselle, réduits en miettes ; tapis et meubles lacérés et brûlés. La vengeance plutôt que le pillage semblait être le mobile du saccage.

Devant la garde-robe éventrée : vêtements et fourrures, découpés en charpie avec un soin maniaque, s'amassaient en une pyramide dérisoire. Au fond d'un des placards, on découvrit le cadavre d'Élise enveloppé dans son manteau de zibeline le cou serré dans un col de renard. Le corps mitraillé d'Émile gisait dans le jardin au milieu de ses « Émiliotes ». Les journaux n'avaient fait grâce d'aucun détail.

À cause de la lettre Z, rageusement gravée sur les boiseries, les soupçons se portèrent sur la sourde-muette. Personne ne retrouva sa trace. Celle du jardinier, non plus. Sa femme l'attendit, en vain, durant des années.

Ce fut bien avant ce drame, quelques mois après le dernier repas chez ses cousins – la paix régnant encore – que Lysia, accompagnée d'Annette, s'envola pour l'Égypte.

L'enfant et le forain se frayèrent passage dans la salle enfumée et bruyante, pour aller s'asseoir tout au fond de la brasserie. De leur table ils découvraient une large partie du restaurant, ainsi que les portes battantes qui s'ouvraient et se refermaient, à un rythme fiévreux, sur les cuisines.

Cheranne, qui prenait la commande d'un groupe de touristes, ne les avait pas encore aperçus.

— Fais-lui signe, souffla Omar-Jo.

Se remettant à peine de sa surprise, Maxime cherchait à lui cacher son émotion.

Impatient, l'enfant se dressa sur sa chaise. Avant que le forain n'ait pu le retenir, il appela par-dessus les têtes des dîneurs :

— Cheranne ! Cheranne ! C'est nous !

Il fallut quelques secondes à la jeune femme pour se souvenir de son nouveau prénom. Dès qu'elle aperçut Omar-Jo, elle le reconnut ; son visage s'éclaira. Elle se haussa sur la pointe des pieds, éleva le bras pour répondre à son salut.

— Je viens ! s'écria-t-elle.

Empoignée par un sentiment qu'elle n'avait pas éprouvé depuis longtemps, elle s'empressa de boucler la commande.

— Tu es content, Maxime ? demanda l'enfant en la voyant s'approcher.

— C'est la première fois que je mets les pieds dans cette boîte.

— Mais elle, Cheranne, comment la trouves-tu ? Tu ne réponds pas ?... Tu lui as offert un tour gratis, ce n'est pas dans tes habitudes !

— Tu connais mes habitudes ?

— Tu es plutôt près de tes sous, non ?

— Mes parents ont trimé toute leur vie.

— Les miens aussi.

Déjà les bras de Cheranne entouraient l'enfant.

— Si je m'attendais à te voir !

Sous l'éclat des lustres Maxime remarqua ses quelques rides ; puis cette fossette au menton qui lui gardait un air juvénile. Derrière ses lunettes, ses yeux gris-bleu pétillaient.

— C'est moi qui vous offre l'apéritif.

Sa peau nacrée sentait la lavande.

— Ça fait longtemps que vous travaillez ici ? demanda Maxime.

— Le soir, je fais des remplacements.

— Et votre fillette ?

— Ce n'est pas la mienne. Je la promène les jours de congé, c'est tout.

Le forain éprouva un réel soulagement à la pensée que l'agaçante Thérèse n'avait aucun lien de parenté avec la jeune femme.

— C'est grâce à elle, Omar-Jo, que j'ai pu te découvrir.

Le gamin occupait toute son attention.

— Vous avez des enfants ? questionna Maxime.

— Je n'ai jamais pu en avoir. C'est tant mieux, puisque j'ai divorcé.

Le forain n'osa pas lui poser d'autres questions.

— Tu deviendras un grand comique, Omar-Jo, continua Cheranne. Elle lui caressa le moignon. Même de ça tu sauras tirer profit.

Puis, tournée vers Maxime :

— Je reviendrai m'asseoir avec vous après le service, si vous m'attendez. Je te chanterai une de mes chansons, Omar-Jo.

— Une de tes chansons ?

— Je fais les paroles, mon ami Sugar compose la musique.

Maxime prit un air interrogateur.

— Sugar est un vrai musicien, un Noir de Los Angeles. Depuis deux ans, il vit à Paris.

— Vous chantez dans quelle langue ?

— Dans les deux. Ma mère était américaine.

Dès la mort de son père Cheranne, qui avait douze ans, était retournée, avec sa mère, aux États-Unis. Harriet avait retrouvé sa famille dans une petite ville du Middle West. Elle ne s'était jamais habituée à l'exil.

Tout à l'opposé, Cheranne ne songeait qu'à retrouver Paris. Son mariage avec Steve avait retardé ce retour. Depuis son divorce elle était revenue vivre dans sa ville natale essayant, non sans mal, d'y gagner sa vie.

La rupture avec Steve avait eu lieu depuis plus de deux années. Par moments, celui-ci resurgissait dans son existence. Cheranne en était à la fois heureuse et tourmentée.

Peu de temps après le déjeuner chez ses cousins, Lysia reçut une lettre de son avocat. Celui-ci l'assurait qu'elle avait de bonnes chances de récupérer une partie de ses biens, ou du moins d'obtenir quelques compensations. Elle décida de faire le voyage d'Égypte, en compagnie d'Annette.

Au Caire, elle logea chez une amie d'enfance. Laurice habitait encore, à cause de la modicité des anciens loyers, son appartement de neuf pièces. N'ayant plus les moyens de l'entretenir, celui-ci se délabrait graduellement. Des lattes manquaient aux parquets, les tapis étaient usés jusqu'à la corde, les tentures se détissaient, fauteuils et canapés, dont le capitonnage se trouait, avaient perdu un bras ou un pied. À la plupart des lustres manquaient quelques motifs de cristal, les torchères pendaient de travers sur des murs écaillés. Tout respirait la poussière et la négligence.

Durant les rares journées d'hiver, l'on tremblait de froid dans ces vastes demeures. Laurice avait placé un réchaud cylindrique à pétrole dans la chambre de Lysia. Pour en éliminer l'odeur et humidifier l'atmosphère, ce réchaud était surmonté, en permanence, d'une casserole d'eau dans laquelle flottaient des feuilles d'eucalyptus.

Laurice rassemblait chaque après-midi, autour de tables de jeux, une dizaine d'amies pour d'interminables parties de pinacle ou de bridge. L'hôtesse offrait les boissons ; les invitées apportaient confiseries et cigarettes. Ne pouvant plus jouer pour de l'argent, chacune fournissait, à son tour, le cadeau des gagnantes : une paire de bas en nylon soustraite à un stock précieusement conservé, un mouchoir en linon, une paire de gants, des échantillons de parfums de Paris.

Lysia retrouva ce petit monde désuet avec un mélange d'agacement et de plaisir. C'étaient toujours les mêmes plaisanteries, les mêmes fâcheries, les mêmes ragots, les mêmes gentillesses. S'y ajoutaient une litanie de plaintes, d'incessants soupirs concernant le passé, qu'elles paraient de grâces excessives. Le mirage, de plus en plus mythique, d'anciens jours retrouvés, de fortunes récupérées, animait leurs existences limitées ; et leur conservait le goût des lendemains. Certains frères et maris, stagnant comme elles dans leurs regrets, dilapidaient leurs dernières années dans des procès sans fin.

Lysia n'enviait pas leurs façons de vivre, et se félicitait d'y avoir échappé. Elle ne souhaitait même plus reprendre possession de sa villa, ni habiter dans un de ces appartements immenses et poussiéreux, fichés dans des immeubles en décomposition.

La veille, ayant été immobilisée, durant deux heures, à l'intérieur de l'ascenseur en panne subite, elle s'était juré de monter dorénavant à pied. Depuis, elle gravissait, en haletant, les six étages, appuyée au bras d'Annette.

— Notre deux-pièces vaut mieux que tout ça, tu ne trouves pas ?

Sa vision des choses semblait se modifier. Elle se sentait plus proche d'Annette que de ses anciennes amies. Elle se reprocha son égoïsme vis-à-vis de cette enfant qui venait d'avoir vingt ans, le sommet de la jeunesse ! Ensuite ce serait, comme pour chacun, l'irrémédiable déclin. Malgré les bravades de la jeune fille, il fallait que Lysia s'occupe de lui trouver un époux. Dès son retour, elle en parlerait sérieusement au vieux Joseph.

Au bas de l'immeuble, Lysia héla un taxi pour se rendre chez l'homme de loi.

Dans les rues, sur les trottoirs une masse grouillante progressait avec lenteur et bonhomie. Parfois son mouvement se bloquait par simple pression interne.

Annette ressentait une instinctive sympathie pour cette population d'où émergeaient sourires et tristesse, misère et malice. La voiture avançait au pas. Elle remarqua une femme corpulente, habillée d'une robe bariolée, qui la fixait de son œil vif ; un tout-petit aux yeux cerclés de mouches, à califourchon sur l'épaule de sa mère en noir. Un mendiant bossu, au regard plein de sagesse, approchait la main tendue. Un gros homme catarrheux, une mallette brune serrée contre sa poitrine, hésitait, en haletant, au bord de la chaussée, avant de plonger dans la multitude.

D'innombrables jeunes visages ponctuaient ce foisonnant défilé.

Le chauffeur gardait son calme, conduisait sans soubresauts. En peu de paroles, avec une réserve innée, il expliqua sa cité, les contraignants problèmes qui assaillaient son pays. S'inquiétant du confort de la vieille dame, de temps en temps, il se retournait.

— Vous allez bien ?

En chemin, Lysia lui demanda s'il serait libre durant les deux semaines de son séjour. Ils convinrent rapidement d'un prix et du rendez-vous quotidien.

— Comment t'appelles-tu ?

— Omar.

— Je peux lui faire confiance, murmura-t-elle penchée vers Annette. Au premier coup d'œil je sais juger un individu.

Omar était vêtu d'une chemise à carreaux au col ouvert et d'un pantalon gris. Il avait le teint basané, des cheveux fournis et frisés, de larges yeux noirs ; une stature imposante dont il semblait s'excuser. De sa personne se dégageaient bienveillance et tranquillité.

Son regard croisa plusieurs fois celui d'Annette dans le rétroviseur. Ils en éprouvèrent, l'un et l'autre, une émotion si neuve qu'elle les gêna.

Il était plus de minuit quand Cheranne vint s'asseoir à la table de Maxime et d'Omar-Jo. Ses mèches retombaient sur son front, son teint avait pâli ; des cernes plus sombres soulignaient le bas de ses yeux.

Elle s'accouda sur la table, plongea son visage entre ses mains.

— Quelques minutes, et ça ira.

Tous deux la regardaient sans échanger un mot. Leur silencieuse présence lui faisait du bien.

Cheranne leva enfin la tête. Sans ouvrir les yeux, elle avança sa main vers la joue de l'enfant et la caressa, en aveugle. Cette chair pulpeuse sous le grain serré de la peau, les battements d'un sang neuf sous cette tempe l'aidèrent à émerger de sa fatigue.

— C'est Omar-Jo qui vous a aperçue le premier. C'est lui qui a eu l'idée d'entrer, dit le forain. Il était sûr qu'on ne vous dérangerait pas.

— Il avait raison.

Elle souleva ses paupières, regarda l'enfant ; et d'une voix chaude :

— Tu as les meilleurs yeux du monde, mon petit clown !

Un mot, un geste suffisaient pour ramener les souvenirs. Omar-Jo n'en éprouva, cette fois, aucune douleur, mais le sentiment d'un bonheur revécu.

La Brasserie, vidée, restait remplie de fumées, de chaleur et de traces de toutes ces voix qui s'y étaient entrecroisées dans un brouhaha indescriptible.

En un ballet précis, efficace, les serveurs débarrassaient les dernières tables ; puis les apprêtaient pour le lendemain.

Maxime encerclait son assiette de boulettes de mie de pain.

— Il fait très beau ce soir. Allons nous promener tous les trois, suggéra Cheranne.

Avec eux, elle rattraperait le temps perdu loin de cette ville. Avec eux, elle redécouvrirait Paris. Elle oublierait cette partie de son enfance enfouie, de l'autre côté de l'Océan, dans d'insipides et confortables banlieues.

Arrivée en France avec un groupe d'étudiantes, Harriet avait rencontré Jacques à Paris. Ils s'étaient épousés en moins d'une semaine. Le couple ne s'était jamais entendu. À cause de leur fillette, leur union ponctuée par une série de ruptures et de réconciliations dura dix ans. Cher entendait encore ces éclats de voix qui la tenaient éveillée, et en larmes, toute la nuit.

Mal à l'aise dans cette capitale dont elle trouvait la population moqueuse, et peu hospitalière, Harriet s'efforçait, sans y parvenir, d'éveiller chez l'enfant la nostalgie de son propre pays. Elle évoquait sans cesse sa Baie, superbe et scintillante, les innombrables soleils, la convivialité de ses habitants. Elle peuplait ses contes d'animaux de là-bas : de dauphins doués de parole, de baleines dansantes, de caïmans immobiles, de hardis papillons, de hérons aux pattes interminables, de tortues de toutes dimensions, de lamantins aux plantureuses mamelles, de lézards, de pélicans, de hiboux.

L'enfant écoutait ces récits avec indifférence, cherchant à faire dévier ces histoires « d'ailleurs » vers les secrets et les légendes de Paris.

Dès son divorce Harriet ramena la petite Cher à Arosville ; une bourgade, face au golfe du Mexique, qui s'étalait sur plusieurs kilomètres. L'enfant atteignait ses onze ans.

Cheranne allait accomplir le chemin inverse de celui de sa mère. L'adolescence passée, elle se promit de retrouver sa ville natale. La rencontre avec Steve retarda de plusieurs années ces retrouvailles.

— Vous vous sentez mieux ? demanda Maxime.

Cheranne souleva la tête, s'éclaircit la voix, se mit à fredonner :

« Pour l'ami fidèle
Je cultive une rose blanche
En juillet comme en janvier »

— C'est une chanson du Sud. Une chanson de ma mère.

Elle reprit :

« Pour l'ami cruel
Qui s'attaque à mon cœur
Je ne cultive ni épines ni broussailles
Mais la rose blanche aussi »

Tandis qu'elle prononçait ces dernières paroles, l'image de Steve s'imposa, dissipant tout autre sentiment. Malgré leur séparation, elle ne parvenait pas à l'oublier.

Elle se tourna brusquement vers Omar-Jo.

— Je peux te chanter des chansons à moi, si tu veux ?

— Des chansons à toi ?

Elle tira de la poche de son tablier une liasse de feuillets et des crayons de couleur, qu'elle éparpilla sur la nappe jaune. Ses pages ressemblaient à des bouts d'étoffe, rapiécés en tous sens.

— Votre écriture on dirait des insignes, des graffitis, remarqua Maxime.

— J'ai du « peau-rouge » en moi, dit-elle. Mais toi, Omar-Jo, tu viens de beaucoup plus loin encore !

De nouveau, Maxime se sentit exclu de leur dialogue. L'enfant lui toucha l'épaule :

— On est tous ici, chez toi, Maxime. Chez toi, chez moi, chez nous ! chantonna-t-il.

Le forain lui sourit et demanda si on pouvait fêter cette rencontre en buvant.

— C'est ma tournée, fit Cheranne, appelant le jeune Fernand qui terminait son service.

— Lis-nous tes chansons, demanda Omar-Jo.

— Vous ne vous moquerez pas, Maxime ?

Il n'avait aucune intention de se moquer. Devant Cheranne, il perdait toute défense ; il se laissait plutôt envahir par un contentement qu'il n'avait partagé avec aucune femme.

— Vous gardez toujours un petit air narquois, reprit-elle en souriant.

L'enfant s'interposa :

— Maxime est un poète ! Qui d'autre qu'un poète aurait tout laissé tomber pour s'acheter un Manège ? Qui d'autre aurait choisi pour compagnon un clown, un étranger, un éclopé comme moi ?

— Tu exagères toujours, dit le forain.

— Je ne suis plus ton compagnon, ton ami ?

— Ce n'est pas ce que j'ai voulu dire.

— Omar-Jo a raison, interrompit Cheranne. Qui d'autre que Maxime ?

Les boissons aidant, une plaisante griserie s'empara de tous les trois. Cheranne saisit la main gauche de Maxime, la main droite de l'enfant.

— C'est la ronde ! À la vie, à la mort !

Pour fermer la chaîne, Maxime chercha l'autre main d'Omar-Jo. Puis, brusquement, gêné de sa bévue, il entoura ses épaules de son bras et serra l'enfant contre lui.

— À la vie, à la mort ! À la mort, à la vie !

Ils se balancèrent ainsi, un long moment, répétant en chœur :

— À la vie, à la mort ! À la mort, à la vie !

C'est durant cette chanson que Maxime songea, pour la première fois, à offrir une prothèse à Omar-Jo.

Cheranne chanta ensuite ses propres chansons. Elles parlaient toutes d'amour. D'amours vulnérables et chimériques, de miracles et de blessures ; avec des mots singuliers.

Les lumières s'étaient éteintes. Fernand, le serveur, avait allumé, au centre de la table, la grosse bougie fichée dans un pot brun entouré d'une granuleuse collerette de cire fondue. Puis, il s'était éloigné sur la pointe des pieds.

— À la mort ! À la vie ! reprenaient-ils.

Encerclés par une zone d'ombre, tous trois semblaient flotter sur un îlot, ou une embarcation. Leurs ombres réunies et mouvantes se projetaient et dansaient au plafond.

— Et la musique ? demanda Omar-Jo.

— La musique : c'est Sugar. Je vous le présenterai.

Les doigts de Maxime serrèrent ceux de Cheranne. Elle répondit à leur pression. Ils échangèrent un regard.

Fernand accourut en vêtement de ville.

— On t'appelle au téléphone, Cher. Ça vient de très loin.

La jeune femme arracha sa main de celle de Maxime, se leva d'un bond, fourra dans sa poche la liasse de ses chansons, et se dirigea en courant vers la cabine.

— Tu reviendras ? appela l'enfant.

Elle ne se retourna pas.

Lysia rattrapait ses années d'épargne, en dévalisant les boutiques. Son homme d'affaires lui avait pourtant conseillé l'économie : malgré quelques améliorations, ses ressources resteraient modestes.

Dans son miroir, sa vue affaiblie – qu'elle se gardait de corriger par des lunettes – lui renvoyait une image flatteuse et floue. Se voyant telle qu'elle souhaitait se voir, elle résistait mal à l'achat de voyantes et printanières toilettes, et rentrait chaque soir, chez Laurice, chargée de paquets.

Généreuse, elle combla aussi son hôtesse de cadeaux. À sa cousine Élise, cherchant, à la fois, à la remercier des nombreux repas pris à la villa et à l'impressionner par sa nouvelle situation, elle rapportait un sac en crocodile.

Quatre ans après, ce même sac fut retrouvé dans les décombres de la villa saccagée. On ne l'avait pas ouvert ; il contenait pourtant une bague de prix et une liasse de billets.

Vers le milieu de son séjour, il ne restait plus à Lysia de quoi acheter quelque habillement à Annette. Celle-ci s'en trouva soulagée ; la vieille dame aurait décidé de lui offrir, selon l'humeur, un de ces vêtements qui l'auraient mise mal à l'aise : une jupe et un corsage à fanfreluches, ou bien un habillement semi-monacal.

En fin d'après-midi, lorsque la lumière devenait moins acide et que la chaleur se dissipait, Lysia accompagnée d'une amie s'installait sur le siège arrière de la voiture.

— Fais-nous faire une belle promenade, Omar !

Elle laissait au chauffeur le choix de la destination ; tandis qu'Annette prenait place à ses côtés.

Derrière, les deux femmes papotaient ; sans se soucier de ce qui se déroulait de l'autre côté des vitres.

Omar ne parlait que pour Annette. Il lui montra la Cité des morts, le Vieux Caire ; partait en direction des Pyramides, du Barrage, de Matarieh :

— Durant leur fuite en Égypte, Marie, Joseph et l'enfant Jésus ont trouvé refuge, ici, sous un arbre. Nous aussi, musulmans, nous révérons cet endroit.

Il bifurquait souvent vers des chemins de campagne, qui lui rappelaient son propre village, éprouvant, il ne savait pourquoi, le désir de lui faire aimer, sentir, palper sa propre terre.

Usant de peu de mots, il répétait :

— Vois par là. Regarde sur ta gauche. Ce village, ce canal, ces champs... Plus loin, le désert... C'est beau tout ça ! Est-ce que ça ressemble à chez toi ?

Elle faisait non de la tête. Elle ne trouvait aucune similitude entre ses collines à elle, ses radieuses montagnes, sa mer si bleue, visible de presque partout ; et ce fleuve large et lent, ces terrains d'un vert si vif rapidement enserrés par des falaises de sable.

Elle ne trouvait aucun rapport entre ce Nil majestueux et les sources pétulantes ou les torrents de sa montagne. Les banians séculaires couvant de solides racines n'avaient aucune parenté avec les grands pins maritimes ornés d'audacieuses branches. Les patientes felouques ne se comparaient guère aux barques hardies des pêcheurs.

Il répéta sa question :

— Est-ce que ça ressemble à chez toi ?

— La beauté les rassemble, dit-elle d'un coup.

— Oui, c'est ça, la beauté, reprit-il. « La beauté... »

Sous son siège il lui montra une boîte en carton, contenant quelques livres.

— Je m'instruis tout seul. Il y a tant de problèmes ici et dans le monde. Je veux apprendre, connaître. Je te passerai de la lecture si ça te plaît aussi.

— Nous partons bientôt, répondit-elle tristement.

D'autres fois, il indiquait du doigt les maisons faites de boue ; lui faisait remarquer les femmes en vêtements séculaires battant leur linge au bord des canaux, les gamins nus et rieurs grimpés sur le dos des bufflesses. Des paysans, les pieds enfouis dans la vase, bêchaient le sol des autres. Annette pensa, instantanément, à son père Joseph qui possédait un lopin de terre bien à lui.

Elle les imagina face à face : le vieil homme flamboyant, loquace, remuant, et ce jeune homme pétri d'argile et de silences. « Si dissemblables », songeait-elle. Quelque chose pourtant, qu'elle n'arrivait pas à définir, les rapprochait.

Le jour du départ, le chauffeur était monté dans l'appartement pour emporter les valises.

Lysia téléphonait. Annette restait accoudée à la fenêtre.

— Il me manquera ce pays, dit-elle sans se retourner.

— Tu lui manqueras, reprit Omar à quelques pas derrière la jeune femme.

Inconsciente de ce qui se passait entre les deux jeunes gens, Lysia, au comble de l'excitation – son avocat venait de lui annoncer que l'allocation qui lui parvenait mensuellement serait doublée – se précipita vers Omar :

— J'ai besoin d'un chauffeur à plein temps ; viendrais-tu chez nous ? On te signera un contrat d'un an, on s'occupera de tes papiers. Es-tu d'accord ?

Le souffle coupé, Annette courut hors de la chambre pour ne pas entendre la réponse.

Quelques mois après, lorsque Annette et Omar annoncèrent à Lysia leur intention de se marier, celle-ci, suffoquée, demeura la bouche ouverte, avant de plonger dans un accès de fureur. Se sentant coupable d'avoir été la cause de ce rapprochement, elle menaça, trépigna.

— Tu repars ! Tu repars dès la semaine prochaine, Omar. Moi qui te faisais confiance !

Se rendaient-ils compte des difficultés que cette union allait causer ; et que leur situation était sans issue ?

— Je n'aurais jamais pensé ça de toi, Annette ! Que va dire ton malheureux père ? Tu veux donc le tuer !

Sans hésiter, le vieux Joseph demanda de rencontrer Omar en tête à tête.

Ce dernier arrêta son véhicule à l'entrée du village et continua son chemin à pied. Les curieux étaient déjà aux fenêtres. Il contourna l'église, pénétra dans un jardinet, tira sur le cordon qui déclencha un bruit de clochettes.

Le vieil homme ne se fit pas attendre.

Ils se plurent sur-le-champ.

Au bout de quelques minutes, les rires d'Omar et de Joseph se faisaient écho. Ils firent ensuite le tour du verger, partagèrent le même repas. Leur amour d'Annette accomplit le reste.

Persuadé que Dieu avait le cœur assez vaste pour contenir tous les croyants du monde, passés, présents, à venir ; même les mécréants de son espèce, Joseph se chargeait de convaincre d'abord son entourage, puis la communauté déjà composée de cinq rites différents.

Il y réussit. Les deux hommes possédaient un don commun : celui d'éveiller la sympathie.

Conviée peu après au mariage, Lysia se félicitait d'avoir été l'instigatrice de cet « heureux événement ».

— Un bel exemple de cohabitation ! proclamait-elle.

C'était en 1973, à la veille de l'éclatement.

Omar-Jo devait naître trois ans après, sur une terre déjà divisée, meurtrie.

Il semblait impossible à toute la population que cet état de guerre et de tension pût durer.

Au bout du fil, la voix de Steve venait de loin et se rapprochait par à-coups. Cheranne jeta un long coup d'œil dans la Brasserie, aperçut la seule table éclairée où Maxime et Omar-Jo se tenaient à côté l'un de l'autre. Elle ferma la porte de la cabine téléphonique pour mieux écouter.

Malgré leur rupture, Cheranne et Steve se laissaient des repères. Ils savaient toujours où se retrouver.

Ce dernier avait abandonné sa carrière de sportif, qu'il regrettait parfois de n'avoir pas poussée à fond ; il en avait, par moments, rendu son épouse responsable. Depuis, converti dans les affaires, il paraissait satisfait ; l'audace de ses projets, l'attrait de l'argent lui servaient de moteur.

Dans l'appareil il lui demandait des nouvelles, annonçait sa prochaine arrivée et son désir de la revoir.

Tout en l'écoutant, elle se souvint de leur dernière rencontre, il y avait près d'un an. Fatigué d'un long voyage, Steve avait dormi chez elle. Ils se retrouvaient toujours avec le même enthousiasme juvénile, mais très vite les choses se gâtaient. Dans leurs échanges, Steve usait d'une ironie constante qui laissait ses phrases à elle en suspens. Mais allongés l'un à côté de l'autre, la proximité silencieuse de leurs corps semblait, chaque fois, les ressouder.

Cette nuit-là, Steve avait gémi dans son sommeil, elle en ignorait la cause. Suivant chacune leur cours, leurs existences avaient peu à peu dérivé ; pourtant Cheranne supportait mal l'idée que Steve pût être malheureux.

Elle remonta les draps par-dessus leurs têtes, entoura ses larges épaules de son bras ; il continuait de se plaindre, de soupirer dans son rêve. Elle appliqua sa poitrine contre le dos de Steve, enlaça ses jambes aux siennes, lui communiquant sa chaleur. L'oreille collée à ses omoplates, elle se tenait tranquille, pressée contre lui, attendant que son souffle s'apaise.

Le calme revint. Il se retourna sans sortir de son sommeil. Elle s'endormit en lui tenant la main.

D'autres fois, c'était lui qui, par quelques mots, quelques caresses, chassait ses inquiétudes. En dépit de leurs divergences, ils parvenaient l'un et l'autre, d'une manière indicible, à se réconforter.

Cheranne jeta un coup d'œil furtif vers la salle. Maxime et Omar-Jo lui parurent lointains, naviguant dans un autre univers. Elle s'en détourna, et serrant l'appareil entre ses mains :

— C'est bon de t'entendre, Steve.

— Tu travailles si tard ? demanda-t-il.

— J'étais avec des amis.

Il y eut un silence.

Elle imaginait la réaction de Steve face au forain et à l'enfant ; il lui aurait dit qu'elle ne fréquentait et n'aimait que « des obscurs, des éclopés ».

— Tes chansons ont-elles été éditées au moins ?

— Pas encore.

Elle sentit, de nouveau, son regard moqueur, et éprouva l'envie de fuir. Il la retint en lui parlant de ses nombreux déplacements aux États-Unis et à l'étranger.

— Tu es content ? Tes affaires marchent ?

— Ce n'est pas la peine que je t'en parle, coupa-t-il, tu n'y comprendrais rien.

Elle aurait aimé qu'il se confie. Peut-être était-ce sa faute et n'avait-elle jamais su s'y prendre ?

Il reprit d'un ton buté :

— Alors, tu en es toujours au même point ?

Cheranne n'eut soudain qu'une envie : celle de s'éloigner, et de retrouver Omar-Jo et Maxime. Elle se revoyait, comme tout à l'heure, assise entre l'un et l'autre. Elle chercha à les apercevoir à travers le hublot de la cabine.

Ses lunettes venaient de glisser sur le bout de son nez et la salle lui parut floue ; elle distingua à peine ses deux amis ; on aurait dit un seul tronc, à deux têtes. Ou plutôt un seul mât, flottant sur une mer nocturne, tranquille.

— Je dois partir, Steve.

— Je t'ennuie... Dis-le que je t'ennuie. Mais de quoi peut-on parler avec toi ?

Il se mit à ressasser ses griefs.

— Tout ça n'a plus rien à faire avec nous, Steve. C'est du passé.

Elle n'arrivait pourtant pas à se détacher du fil, à couper court. Enfin, le récepteur glissa de ses mains. Elle le laissa pendre, faire des ronds au bout de son câble ondulé tandis qu'elle quittait la cabine.

En se dirigeant lentement vers la table, Cheranne dut résister plusieurs fois à l'impulsion de rebrousser chemin, de ressaisir l'appareil, de renouer la conversation interrompue.

Maxime se levait pour lui avancer la chaise. Sa figure ronde, son sourire avenant l'attendrit.

— Cheranne, nous avons un projet pour le Manège, dit l'enfant. Un projet avec toi, si tu acceptes.

— J'accepte, dit-elle.

— Avant de savoir ?

— Ça me plaira. Je sais que ça me plaira.

Pour présenter le spectacle imaginé par Omar-Jo, Maxime envisagea l'installation d'un petit chapiteau. Confiant dans le dynamisme de l'enfant qui avait déjà transformé le Manège en une attraction unique, le forain se plongea dans des plans, des calculs et entreprit les démarches nécessaires.

Avec l'aide de Cheranne et de Sugar, Omar-Jo était sûr de réussir un spectacle attrayant et singulier.

Sugar avait vingt-deux ans. Cheranne était venue un soir dans sa boîte de nuit ; les paroles de la jeune femme convenaient à sa musique ; ils travaillaient ensemble depuis plusieurs mois.

Dès la rencontre avec Omar-Jo, Sugar l'invita dans sa chambre d'un immeuble du treizième. La fenêtre s'ouvrait sur les toits ; les plaques en zinc se revêtaient d'écailles chatoyantes les jours de soleil. Ils se confièrent, rapidement, l'un à l'autre.

— Je suis né à La Nouvelle-Orléans. Mon père est mort quand j'ai eu neuf ans ; j'appris alors qu'il avait deux épouses et deux familles. Il ne m'a rien laissé, même pas un lacet de chaussure !

Sugar se tut quelques instants avant de reprendre :

— Certains disent : « Rien ! » ; moi je dis : « Tout ! » Il m'a « tout » laissé ! La folie de la musique, c'est de lui que je la tiens. C'était ça, mon héritage ! Partout où il y avait de la musique, mon père était chez lui ; et c'est pareil j'y suis chez moi. Il improvisait sur sa guitare toutes les nuits. Il n'était jamais à court d'inspiration.

Durant quelque temps il posséda une Cadillac ; il me fourrait derrière et m'emmenait partout avec lui. Lorsqu'il jouait, j'adorais mon père ; je riais, je pleurais en l'écoutant. Quand je te regarde ou que je t'écoute, Omar-Jo, j'ai l'impression qu'avec toi aussi le rire et les larmes, c'est pareil. Tout ça remonte d'un même fond, d'un même cœur, d'un même puits.

Dès que mon père cessait de jouer, il me faisait peur. Il piquait de terribles colères dès qu'il buvait, et il buvait depuis le réveil. C'était un drôle de type ! Il se teignait les cheveux en rouge et en vert, il portait des costumes bleu ciel et des chaussures jaunes. Souvent, quand il approchait, je prenais mes jambes à mon cou. Puis quand il reprenait sa guitare : il devenait un dieu, je ne pouvais plus le quitter.

À ses funérailles il n'y avait même pas un cercueil, même pas une pierre tombale à son nom. On l'a planté en pleine terre. Ma mère avait usé sa jeunesse dans le chagrin ; ensuite elle a disparu, je n'en ai plus jamais entendu parler. Comment étaient tes parents, Omar-Jo ?

— Parle-moi encore de toi, Sugar. Je te raconterai ma vie un peu plus tard.

— Après la mort de mon père je me suis dit : si la musique est en lui, elle est sûrement en moi aussi. Mais je ne voulais pas que ce soit à travers le même instrument. J'ai choisi le saxo. Je ne suis pas mon père et pourtant je viens de lui. Je joue comme lui avec mon cœur qui cogne dans tous les sens jusqu'à emporter « all body and soul » : tout le corps et toute l'âme. C'est comme faire l'amour. Tu me comprends, Omar-Jo ?

— Je te comprends.

Dehors, sur les toits, des pigeons pataudes avançaient en se dandinant sur le bord des gouttières. Ils ne retrouvaient leur grâce d'oiseau qu'en déployant leurs ailes pour s'envoler.

Sugar emplit la main de l'enfant de graines :

— Vas-y, ils ont l'habitude, ils n'ont pas peur.

Omar-Jo enjamba le rebord de la fenêtre, tandis que Sugar en sourdine l'accompagnait de son saxophone.

Les pigeons picorèrent dans la paume de l'enfant, s'installèrent sur sa tête et ses épaules.

La musique reflétait cette image, cette rencontre, environnée de clartés magiques qui précèdent la chute du jour.

— Tout ce que je mets dans ma musique c'est l'histoire de ma vie.

À l'intérieur de la pièce tout un pan de mur était tapissé de photographies.

— Qui sont-ils ? demanda Omar-Jo, s'asseyant en tailleur, sur le sol, en face de ces nombreuses reproductions.

— Mes idoles !

— Donne-moi leurs noms.

Le visage de Sugar semblait taillé dans une boule d'ébène, ses yeux noirs étaient parsemés de particules jaunes et brillantes ; sa taille filiforme s'allongeait jusqu'à toucher le plafond. Le jeune homme pointa son index devant chaque photo, scanda un nom après l'autre, les accompagnant par le rythme des claquettes :

— Dizzy Gillespie, Charlie Parker, Cab Calloway, Duke Ellington, Dave Brübeck. Celui-ci c'est mon père... Buddy Rich, Louis Armstrong, Billie Holliday, Milt Jackson, Ella Fitzgerald, Nat King Cole. Encore une photo de mon père... Thelonious Monk, Stan Gator, Coltrane, Pharaoh Sanders...

— Pharaoh ? interrompit l'enfant. Celui-là vient peut-être du pays d'Omar, mon père à moi.

— N'oublie pas, Omar-Jo, de me raconter toute l'histoire de ta famille.

— Je le ferai... Maintenant Sugar, redis-moi les noms de tes musiciens. Répète-les lentement ; je veux tous les apprendre par cœur.

Il recommença en frappant, cette fois, des mains à chaque syllabe. L'enfant, qui s'était relevé, esquissait pour l'accompagner des pas, puis des claquettes.

— Demain, je te les chanterai tous ces noms. De mémoire !

— Et toi, Omar-Jo, tu n'as pas d'idoles ?

L'enfant hésita.

— Aucune idole ? reprit Sugar.

— Oui, dit-il après un moment de réflexion. J'ai une idole. Une seule.

— Qui est-ce ? demanda Sugar.

— La prochaine fois, je te rapporterai sa photo.

Interrompant pour trois jours leurs vacances, Antoine et Rosie étaient remontés à Paris pour inspecter la blanchisserie confiée aux soins de Claudette durant leur absence.

Le lendemain de leur arrivée, ils décidèrent d'aller faire un tour du côté du Manège.

Tous les chevaux étaient en main, le carrosse débordait de marmots. Une longue file d'attente patientait près du guichet. Une foule nombreuse se pressait autour de la piste.

— Voilà une affaire qui ne chôme pas ! s'exclama Antoine.

Ils ne reconnurent pas tout de suite Omar-Jo, qui venait de troquer son accoutrement « Chaplin », pour son déguisement « abeille ». Il remuait de larges ailes transparentes, le visage dissimulé sous des poils marron et soyeux.

Dès qu'il aperçut ses deux parents, il quitta d'un bond la plate-forme tournante, et se précipita dans leur direction. Rosie recula devant cette face hirsute et poilue ; cet enfant la surprenait toujours.

Devinant le malaise de sa cousine, celui-ci décolla en hâte une partie de son masque pour lui offrir une joue lisse et rose. Elle y posa un baiser.

Les voix d'adultes se mêlaient à celles des enfants :

— Omar-Jo ! Omar-Jo, reviens ! Encore, Omar-Jo ! Encore !

Se retournant vers son public l'enfant promit de revenir sans tarder.

Observant ce qui se déroulait autour de lui Antoine éprouvait des regrets, et même de l'amertume, de n'avoir pas su tirer profit des dons de ce gamin. Son commerce en aurait sûrement bénéficié ! Il fit mentalement le compte de ce que rapportait un seul après-midi, comme celui-ci, au forain. Multipliant le nombre des enfants par le prix des billets et par les heures d'ouverture, il obtint un chiffre alléchant.

— Vous avez autant de monde tous les jours ? demanda-t-il.

— C'est pareil tous les jours, répondit Omar-Jo. Bientôt nous aurons un chapiteau, avec un vrai spectacle.

— Te rends-tu compte, chuchota-t-il à sa femme tandis que l'enfant s'éloignait de nouveau, de ce que cela représente comme entrées ? Tu as manqué de flair, Rosie ; tu aurais dû l'empêcher de nous quitter. Avec lui, nos affaires auraient prospéré !

— Omar-Jo, dans une blanchisserie !

Antoine haussa les épaules, ce petit malin se serait débrouillé avec n'importe quoi et n'importe où.

— Une blanchisserie, un Manège... c'est du pareil au même. Tout ça, c'est du commerce ! Et pour faire de l'argent, il est drôlement doué ton petit cousin !

Rosie suivait l'enfant des yeux. Sa gaieté multipliait celle des autres. Lui et la foule s'épaulaient, se renvoyaient la balle. Une jubilation réciproque les envahissait.

— Il s'agit d'autre chose que de profit, glissa-t-elle. Tu ne le sens pas, Antoine ?

Celui-ci jugea la réaction de son épouse absurde, infantile ; il se détourna pour s'adresser directement à l'enfant qui s'approchait une fois encore.

— Qu'est-ce que tu gagnes au Manège ? s'enquit-il d'un ton sérieux.

— Je suis logé. Je suis nourri.

— D'accord. Mais ce n'est pas ça que je te demande. Qu'est-ce que tu gagnes ? Qu'est-ce qu'on te paie pour ton travail ?

— Je ne travaille pas, je m'amuse ! dit l'enfant. Eux, je les amuse aussi !

Il secouait son bras dans la direction de ceux qui l'acclamaient.

— Tu ne réponds pas à ma question, insista Antoine.

Frétillant des ailes, faisant des sauts et des grimaces, Omar-Jo était reparti.

Antoine se demandait s'il n'était pas de son devoir d'intervenir pour protéger les intérêts de cet enfant mineur, dont il avait la garde.

Reconnaissant de loin Rosie et Antoine, Maxime venait vers eux.

— Votre Omar-Jo a sauvé mon Manège ! dit-il en les saluant.

— Je ne m'attendais pas à tout ça ! reprit Antoine admiratif.

— À votre retour de vacances, je viendrai vous voir. J'ai des plans pour Omar-Jo, continua le forain.

— Moi aussi, je voulais vous parler de l'enfant.

— Alors : rendez-vous en septembre !... Bientôt nous monterons un chapiteau-miniature, nous avons déjà une petite équipe d'animateurs. Je m'occupe des dernières formalités. Pour l'inauguration vous serez mes invités.

— C'est moi qui vous inviterai d'abord, intervint Rosie. Pour vous, monsieur Maxime, je ferai un dîner avec nos spécialités. Omar-Jo m'a dit combien vous avez apprécié ma cuisine, que vous n'avez pas voulu en laisser une miette ! Ça m'a fait plaisir, monsieur Maxime. Vraiment plaisir.

À l'écart de l'assistance, Sugar et Cheranne, assis côte à côte sur des chaises en fer, prenaient des notes, élaboraient le futur programme.

Dès que Rosie et Antoine s'éloignèrent, Maxime fixa longuement la jeune femme. Il'aurait souhaité que la foule se dissipe ; puis que Sugar et Omar-Jo s'éloignent, pour se retrouver seul en face d'elle.

Saurait-il lui parler ? Lui qui amorçait une aventure avec quelques gestes, quelques bons mots, devenait soudain face à Cheranne, timide et bredouillant.

Elle venait de l'apercevoir et l'appela :

— Approchez, Maxime... Venez voir un des projets.

— Le soir de l'inauguration, j'inviterai plein de monde, annonça le forain. Toute la famille, tous les amis d'Omar-Jo. Toute ma famille aussi.

Il imagina l'arrivée des siens, leur ébahissement. Seraient-ils toujours désapprobateurs, en désaccord ? Ou se laisseraient-ils conquérir ? Une fois de plus Maxime regretta l'absence de l'oncle Léonard, disparu au fond de la poussière avec le cerf-volant, mais qui revivait si souvent, dans sa pensée.

— Vous aussi, Cheranne, vous pourrez inviter qui vous voulez...

Il attendit sa réponse, celle-ci lui aurait permis de savoir si la jeune femme avait une relation, un lien, avec un autre homme. Avec cet homme au téléphone, celui avec lequel elle avait si longuement conversé l'autre soir, dans la cabine de la Brasserie.

Mais elle ne murmura que : « Merci, Maxime », et continua de garder le silence.

Maxime avait obtenu les renseignements concernant la prothèse qu'il comptait offrir à Omar-Jo. Il lui fit bientôt part du rendez-vous pris chez le meilleur praticien.

Par un pluvieux après-midi, ils attrapèrent l'autobus. Durant le trajet, le forain souriait d'un air heureux.

À l'arrêt, il y eut une bousculade. Ne pouvant se retenir par une main à la barre, Omar-Jo glissa sur les marches et atterrit au bord du trottoir. Maxime l'aida à se relever, à épousseter son vêtement.

— Tu verras, après la prothèse tout ça n'arrivera plus. Tu seras un enfant normal.

— Je suis un enfant normal, rétorqua Omar-Jo en se redressant.

Conscient de sa maladresse, Maxime noya son embarras sous un flot de paroles, dont le débit ne s'arrêta qu'au seuil du cabinet médical.

Le chiropracteur essaya plusieurs prothèses à l'enfant. Maxime insista pour acquérir la meilleure.

L'assistant exposa le modèle et en démontra le système d'accrochage. Il en vanta ensuite l'extrême mobilité, la finesse des rouages, les qualifications ; et fit admirer l'enveloppe couleur chair.

— On s'y méprendrait, n'est-ce pas ?

Le moignon exposé de l'enfant, toutes ces manipulations en sa présence avaient gêné le forain. Il souhaitait qu'Omar-Jo soit doté, le plus vite possible, de cet organe qui doublerait son habileté ; et puis qu'on n'en parle jamais plus !

— Quand est-ce que ce sera prêt ? demanda-t-il.

— Nous prendrons les mesures, et dans trois semaines vous venez la prendre. Tu verras, mon petit bonhomme, tu en seras satisfait. Quand tu auras des manches, personne n'y verra rien.

— Je n'en veux pas.

Nette, sans réplique, détachant les mots, la voix d'Omar-Jo avait résonné dans la salle de consultation.

Il s'ensuivit un long silence pétrifié.

Cette fois, le regard levé vers le forain, l'enfant répéta :

— Pardonne-moi, oncle Maxime, mais je n'en veux pas.

Ils quittèrent rapidement le cabinet médical. Impressionné par la réaction du gamin, le chiropracteur avait refusé de toucher des honoraires.

De tout son être, de tout son corps, Omar-Jo avait soudain rejeté l'appareillage, cet organe artificiel qui se serait accolé à sa chair mutilée, mais si vivante.

L'enfant s'était, peu à peu, habitué à son moignon. Fondus sous la blessure close, même les points de suture en faisaient partie.

Ainsi avait-il l'impression que l'image de son vrai bras pouvait continuer à l'habiter ; d'autant plus présente, d'autant plus irremplaçable, que ce bras gisait, au loin, mêlé à la terre de son pays, faisant partie de cette même poussière qui recouvrait Omar et Annette. Ce membre, qu'il oubliait par moments pour exister et mieux se mouvoir, il fallait en même temps que sa représentation demeure en lui comme une amputation, comme un cri permanent. On ne pouvait troquer ce bras, ni trahir son image. Son absence était un rappel de toutes les absences, de toutes les morts, de toutes les meurtrissures.

Depuis quelque temps, là-bas, la paix semblait revenue. Mais qui jurerait que la grenade, qui renfermait la folie des hommes, n'exploserait pas une fois de plus ?

Il fallait vivre cependant. Vivre en gardant le lien et l'espoir.

— Tu n'es pas fâché ? demanda-t-il à Maxime sur le chemin du retour.

— Tu as bien fait, Omar-Jo. Tu restes toi ! Et toi, c'est unique, ça ne se remplace pas.

Se donnant la main, ils rentrèrent en déambulant, comme ils aimaient le faire ; s'engageant dans un parcours inattendu, à travers de surprenantes ruelles.

Au bout d'une heure, à quelques mètres de la place Saint-Jacques, ils aperçurent le Manège, au complet, qui tournait toujours.

Quelques jours après, Omar-Jo entra dans la chambre de Sugar, tenant une large enveloppe brunâtre.

— Devine ce qu'il y a là-dedans.

— Ton idole ! annonça sans hésiter le jeune Noir.

L'enfant tira le guéridon recouvert d'une nappe rouge, jusque sous la lampe fixée au plafond. Celle-ci, encerclée d'un abat-jour en émail blanc, possédait un fil coulissant qui permettait de l'abaisser à la bonne distance de la surface à éclairer.

Omar-Jo posa l'enveloppe sous l'éclat lumineux. Puis, il en sortit lentement la photographie, faisant durer l'attente. Il la présenta d'abord à l'envers pour ménager ses effets.

Au bout de quelques instants, il la rabattit du bon côté.

En pleine lumière, comme sous les feux d'un projecteur : un vieil homme dansait.

Il dansait, le vieux Joseph.

À la tête de son cortège, on ne voyait que lui !

Sa chemise en coton noir, à ras de cou et à manches longues, soulignait la puissance de ses épaules, la largeur de son buste. Un ample pantalon, à la turque et du même noir, se serrait autour de ses chevilles. Il portait des sandales à grosses lanières, qui découvraient ses pieds nus.

L'un, dressé sur la pointe, adhérait au sol et soulevait le corps puissant. L'autre, se tenait à l'équerre au bout de la jambe repliée, amorçant la pirouette.

Un bras s'allongeait à l'horizontale. Le second, à la verticale, dressait au-dessus de la tête du danseur un sabre recourbé entamant sa spirale.

Le cérémonial de la danse allait débuter.

Sur la photo en noir et blanc on distinguait les rides du vieil homme, ses lèvres gercées, un bout de sa langue. Son profil d'aigle, sa fière moustache ajoutaient à sa prestance.

Son ardeur embrasait le papier glacé, transperçait le temps et l'espace ; s'inscrivait dans un éternel présent.

— C'est mon grand-père, dit Omar-Jo.

— Quel mouvement, fit Sugar. Quel mouvement !

Pour se sentir plus proche de son petit-fils, le vieux Joseph décida de fabriquer un Manège, conforme à celui de la place Saint-Jacques. Omar-Jo lui en avait fait parvenir de nombreuses photographies en couleurs. Il installerait ce second Manège au pied du carré de vignes, sur son propre terrain.

Après treize ans de combats, le pays traversait une manière d'accalmie, ponctuée par quelques échauffourées.

La capitale s'était tant de fois scindée en deux, puis refragmentée – multipliant les divisions et les conflits –, que la population, pourtant tenace, avide d'espoir, demeurait sur ses gardes.

Tous les cas de figures avaient vu le jour, toutes les querelles avaient été subies. Celles-ci resurgissaient, sans cesse ; s'épuisaient, pour rejaillir de nouveau. Villes ou montagnes plongeaient alors dans des luttes sanglantes, fratricides souvent conduites par des forces extérieures. Dans l'ombre, trafiquants de drogue et d'armes prospéraient ; attisant pourriture et désordre grâce auxquels ils échappaient à toute loi, à tout châtiment.

Que les hommes puissent se livrer à leur propre extermination rendait fou le vieux Joseph.

Son village, miraculeusement épargné jusqu'ici, donnait l'exemple d'une communauté ouverte ; en dépit d'impitoyables événements, ils vivaient solidaires, en harmonie. Si ce hameau n'avait pas souffert sur son sol, dans ses pierres, chacun cependant avait perdu un parent, un ami, à l'intérieur de cette petite patrie devenue un véritable traquenard.

Ici, chaque habitant avait longuement porté le deuil d'Omar et d'Annette.

L'idée du Manège se fixa dans l'esprit de Joseph comme un signe, celui d'un obstacle aux cercles de la destruction. Cette plate-forme tournante représenterait l'existence, avec ses tours de piste plus ou moins longs. Les joueurs se cédaient la place, en une suite naturelle, tandis que se perpétuait l'éternelle chevauchée sous une coupole protectrice.

Le vieil homme était reconnaissant au Manège de Maxime d'avoir servi de tremplin à Omar-Jo. L'enfant respirait, évoluait ailleurs que dans le souvenir. Il existait autrement que dans le passé, les antagonismes, la peur. Les fantômes d'Annette et d'Omar, bientôt peut-être son propre fantôme, lui serviraient de soutien plutôt que d'entraves.

Joseph imagina son Manège à lui, s'élançant à travers l'espace. Il le rêvait : survolant la Méditerranée ; s'élevant, pour prendre de la vitesse, par-delà les nuages. Il le voyait redescendant en vue de la Côte d'Azur, s'engageant ensuite dans la ligne médiane qui mène droit vers Paris.

Une fois arrivé – grâce au plan détaillé de la cité que le vieil homme consultait en poursuivant de son index sur la carte les parcours décrits, dans chaque lettre, par l'enfant – il repérerait Notre-Dame. De là, il manœuvrerait habilement en direction du Châtelet.

Lorsque son Manège se trouverait, enfin, au-dessus de celui de Maxime, le couronnant comme d'un diadème, par une habile manœuvre Joseph arrêterait sa course. Son propre Manège flotterait alors, planerait, tournerait, à quelques mètres du premier, au même rythme et dans le même mouvement.

Ils poursuivraient ainsi, réplique aérienne ou terrestre l'un de l'autre, leur danse fraternelle à travers les années.

Joseph cloua au tronc de l'olivier centenaire une photographie, plusieurs fois agrandie, du Manège de Maxime. Il s'y référait, chaque matin, avant d'entreprendre ses travaux.

Il commença par aplanir une bonne surface de terrain, avant d'y élever la plate-forme arrondie qui servirait de piste. Il planta ensuite un solide pieu au centre du plancher, en fixa une quinzaine d'autres autour, à l'horizontale ; chaque pôle devant s'aboucher à une figure taillée dans le bois.

Joseph renonça très vite à la fabrication des chevaux, préférant les remplacer par des animaux plus familiers. Ce furent : un coq, un chien bâtard, un ânon, une chatte goutteuse, un lapin obèse, une bête à Bon Dieu, une chèvre, un ver à soie... Tous de sa composition. Le carrosse devint un chariot. Il ajouta une brouette dans laquelle les marmots s'entasseraient joyeusement.

Le vieux maniait à merveille le marteau et la scie. Il n'ignorait rien des secrets de la varlope ou du vilebrequin ; utilisait avec compétence la gouge, le rabot, le polissoir.

Souhaitant en offrir la surprise à son voisinage une fois les travaux accomplis, le vieil homme se fit aider de quelques jeunes gens pour élever une palissade de planches et de branchages autour de son chantier.

À longueur de journée, et une partie de la nuit, il besognait sans fatigue apparente, débitant des troncs d'arbres, les dégrossissant, les assemblant. Durant des heures, il chevillait, collait, chantournait en sifflotant ; ou en écoutant le transistor suspendu à son cou.

L'entreprise arrivait à conclusion ; il ne restait qu'un dernier animal à fabriquer.

Joseph décida de faire de celui-ci une créature à part. Une bête magique, sortie tout droit de sa tête, et qui ne ressemblerait à rien de connu. Un animal rêvé, inventé, avec des yeux mobiles ; et qui posséderait, tout à la fois, des pattes, des ailes, des nageoires, lui permettant de se débrouiller sous n'importe quelles circonstances et dans n'importe quel lieu !

Il le désignerait d'un surnom qui témoignerait du lien entre son petit-fils et lui-même. Amalgamant, combinant les lettres et syllabes de leurs deux prénoms dans tous les sens le vieux Joseph chercha longtemps.

Une nuit, la trouvaille l'arracha de son sommeil :

— Josamjo !... Ce sera : « Josamjo » ! s'exclama-t-il.

Aujourd'hui, j'achève la confection de Josamjo, dictait-il dans une de ses dernières lettres. *De tous mes animaux, c'est celui que je préfère ! Beaucoup se demanderont si cette bête étrange existe vraiment. Toi seul Omar-Jo, et moi, connaîtrons la clé de ce nom dans lequel nos prénoms resteront mélangés, liés l'un à l'autre, pour toujours. Toi et moi, saurons que Josamjo existe, parce que nous l'avons imaginé, fabriqué, voulu !*

Bientôt nos amis abattront la palissade. Ce jour-là j'offrirai, à chacun, un tour gratis. Un tour immobile, puisque mon Manège à moi a tout d'un Manège : sauf la mécanique. Dans ce domaine-là, je reste un véritable crétin !

Après que je serai venu te visiter, tu reviendras ici avec Maxime, Cheranne et ton copain Sugar, pour de longues vacances, vu que la trêve dure et qu'on parle de désarmer bientôt toutes les factions.

Je te quitte à présent, petit. Notre Josamjo, que je viens de terminer, attend ses couleurs. J'ai choisi les plus coûteuses, les plus chatoyantes.

Ton vieux Joseph à toi.

Le vieil homme s'était souvenu que le fils de Nawal était marchand de couleurs. Il éprouvait souvent des remords d'avoir si brusquement repoussé son ancienne amie, le jour de la disparition d'Annette et de son gendre. En commandant des pots de peinture au jeune homme il se dit qu'il aurait l'occasion de s'excuser auprès de la mère.

Dès que Joseph évoquait Nawal, ses sentiments demeuraient ambigus ; une cuisante nostalgie se mêlait à une sourde exaspération.

Rouchdy arriva dans sa camionnette avec un stock de pots de peinture.

Sa mère, assise sur la banquette du conducteur, immobile, les mains croisées sur le ventre, s'efforçait de passer inaperçue.

Joseph s'approcha, ouvrit la portière, l'invita à rejoindre son fils à l'intérieur de la maison, où il leur offrit du café et des figues de son jardin.

Dès le lendemain, le vieil homme entreprit de peindre Josamjo.

Mais ce jour-là, ce même jour : la mort devait le surprendre.

Celle-ci eut cependant des égards. Elle lui laissa le temps de disposer autour de lui, sur une partie de la piste, ses cinq pots de peinture.

Elle lui permit, en outre, de grimper à califourchon sur sa bête – l'enduit de la veille avait déjà séché –, d'étaler une première couche sur l'encolure et la tête de l'animal ; d'aviver, ensuite, sa crinière-à-plumes de tons vifs et francs.

La mort patienta encore.

Elle lui laissa appliquer, avec soin, d'autres couches, bordant les formes, accusant les reliefs.

L'odeur d'huile et de térébenthine le grisait agréablement.

Pour parachever ce premier travail, il trempa son pinceau dans un liquide visqueux et doré, il le souleva tout dégoulinant de soleil. Puis, soudain, un sourire satisfait aux lèvres, le vieil homme s'écroula.

Cela eut lieu sans secousses, sans angoisse prémonitoires. Le vieux Joseph s'était effondré sans heurt, sans bruit, comme un sac de son, autour de l'encolure humide de Josamjo.

Les traces cuivrées de la peinture encore fraîche s'imprimèrent sur sa chemise blanche, largement entrouverte, et strièrent de larges traits son cou et toute sa face.

Les villageoises revêtirent le cadavre de son habit noir de chantre. Elles le chaussèrent de ses sandales aux semelles trouées d'avoir tellement dansé sur les chemins caillouteux.

Prévenue par son fils, Nawal était accourue pour la dernière toilette.

Elle sanglotait, baisant les mains raidies de ce vieux fou qu'elle n'avait jamais cessé d'aimer.

Le prêtre du village voisin qui l'avait rarement aperçu aux offices mais qui le connaissait de longue date, plaça son propre crucifix sur la large poitrine du vieil homme :

— L'ami de tous a sa place dans cette vie et dans l'autre, conclut-il.

Personne n'avait réussi à débarbouiller le visage du vieux Joseph, à en faire disparaître les dernières marques de peinture. Tout cet or lui collait à la peau.

— De l'excellent produit importé d'Allemagne, murmura Rouchdy à sa mère. De la couleur indélébile... Ne te fatigue pas, tu n'arriveras jamais à l'effacer !

C'est ainsi que Joseph entra dans la nuit de son cercueil : des empreintes jaunes sur les mains, des traces de soleil au front.

C'était l'automne. La mise en place du chapiteau n'était plus qu'une affaire de jours. En vue de l'inauguration, Maxime s'était commandé un costume bleu nuit et un chapeau claque. Il serait l'annonceur du futur spectacle ; Cheranne et Omar-Jo lui avaient préparé son discours.

Pour l'instant l'enfant, en habit de lumière agrémenté de plumes et de guirlandes, caracolait autour de la mouvante plate-forme.

Soudain il s'arrêta, comme poignardé dans le dos. Il pivota, tituba. Ses muscles le lâchaient. Il dut prendre appui et s'adosser au carrosse.

Cheranne qui suivait du regard ses déplacements appela le forain :

— Maxime, venez vite... Omar-Jo ne va pas bien.

Habitué aux brusques ruptures de ton du gamin, le forain haussa les épaules :

— Il n'y a pas de quoi s'inquiéter, tout ça fait partie de son théâtre !

— Pas cette fois, Maxime. Regardez-le bien.

Le visage de l'enfant était gris cendre, son corps tremblait. Aucun son ne sortait de sa gorge.

Même le public, qui l'applaudissait, il y a quelques secondes encore, s'était tu, mal à l'aise.

— Il se passe quelque chose d'anormal, j'en suis sûre, insista Cheranne. Allez voir, Maxime.

Le forain s'approcha, tandis que la musique cessait, que la piste s'arrêtait de tourner.

Désorientés, les enfants ne savaient plus s'ils devaient demeurer sur place, ou bien rejoindre leurs parents.

Les mains en cornet devant sa bouche Maxime souffla en direction du gamin :

— Tu ne crois pas que tu vas un peu fort, Omar-Jo ? Cette fois, tu inquiètes tout le monde avec tes bouffonneries !

Se tournant avec effort vers le forain, l'enfant lui jeta un regard suppliant :

— Viens me chercher, oncle Max. Je ne joue plus. Je n'arrive plus à bouger, je te le jure.

D'un bond Maxime se retrouva sur la plate-forme.

Le visage de l'enfant avait encore pâli, il frissonnait de tous ses membres.

Le forain le souleva, l'emporta dans ses bras, hésita un moment le cœur battant. Puis il se dirigea vers la cabine, pour attendre le retour de Cheranne qui avait couru chercher du secours.

C'est le lendemain que Maxime reçut le télégramme annonçant la disparition du vieux Joseph. Il était mort la veille, au courant de l'après-midi.

Le forain n'éprouva pas la nécessité de l'annoncer à l'enfant, persuadé que celui-ci le savait déjà.

La grande fête s'organisait ; elle aurait lieu sous peu.

Cheranne préparait ses chansons ; Sugar, ses musiques. Durant les répétitions, tous deux se déplaçaient avec souplesse et grâce. Tout en donnant l'impression d'improviser, ils dessinaient sur le sol une danse de planètes, aux mouvements précis et codifiés, en rapport constant l'un avec l'autre.

Omar-Jo ajoutait des sketches à ses clowneries. Son corps de plus en plus agile parvenait à d'acrobatiques exploits ; son visage de plus en plus mobile glissait sans cesse de la candeur à la lucidité, de la fraîcheur à la désolation. Sa langue de plus en plus déliée inventait des mots-fleurs, des mots-fouets, des mots-éclairs, des mots-captifs.

Maxime apprenait ses annonces par cœur. Exerçant sa voix, tous les matins, il s'étonnait de lui trouver du timbre et de l'étendue.

La nuit de l'inauguration, les lampions clignoteraient jusqu'à l'aube autour du Manège et du chapiteau. Les permis avaient été obtenus. Des nuages fumigènes, bleus et roses, monteraient des quatre coins du jardinet ; puis, s'écarteraient sous les fréquentes envolées de ballons multicolores.

Après le spectacle, une salle de la Brasserie des Trois Portes, réservée à cette intention, accueillerait amis et familles. À la fin du repas, un verre de champagne à la main, environné de confettis et d'applaudissements, Maxime se lèverait. Il commencerait par :

— À toi, Omar-Jo ! D'abord et avant tout, à toi !

Ensuite, il poursuivrait, s'exprimant selon ses pensées.

Enfin, pour conclure, le forain annoncerait une surprise à tout ce monde réuni.

— Après la fête, j'aurai à faire une annonce publique. Une surprise !

Maxime n'avait pu se retenir d'en parler.

— Quelle surprise ? demanda Cheranne.

— Une surprise pour tous. Surtout pour toi, Omar-Jo !

— Pour moi ?... Qu'est-ce que c'est, oncle Max ?

— C'est mon secret ! Si je te le disais, ce ne serait plus une surprise.

Depuis, chaque dimanche, Maxime se plongeait dans un mystérieux dossier.

— Ces paperasses, ces damnées paperasses, grommelait-il en griffonnant dans les marges.

La présence de l'enfant, son va-et-vient perpétuel dans leur deux-pièces, l'agaçait :

— Va donc te promener, Omar-Jo !

— Qu'est-ce qui te met de si mauvaise humeur, oncle Max ? Des taxes, des impôts ?

— Dans nos pays civilisés, c'est comme ça, que veux-tu ! Tout se fait par écrit... Chez vous, continua-t-il sur un ton moqueur, je suppose qu'on ne les paie même pas, les impôts !

— C'est bien possible. Chez nous : c'est le chambardement !

— Bon. Très bien. Maintenant laisse-moi à mes affaires.

— Du côté de mon père, reprit l'enfant sans se laisser démonter, mes ancêtres ont inventé la paperasserie ! « Une nation de scribes », voilà comment on les appelait. Ils inscrivaient tout sur des rouleaux de papyrus. Il en est resté des masses et des masses. Du côté de ma mère : c'étaient des découvreurs de l'alphabet. C'est sur le sarcophage d'Ahiram que...

— Qu'est-ce que tu viens me raconter là ! coupa Maxime. Est-ce que je t'ai demandé un cours sur l'Antiquité ?

— Tu as parlé de « civilisation », non ?

— Compris, Omar-Jo ! J'ai encore égratigné ton fameux amour-propre. En réponse, toi tu m'envoies à la figure tes tombes et tes pharaons !

— On est quittes, oncle Max ?

Celui-ci éclata de rire :

— On est quittes, sacré gamin !

— Je te confie le Manège pour la journée, avisa le forain une semaine après.

— Toute la journée sans toi ?

— Je viendrai te chercher ce soir, vers six heures. Nous rentrerons ensemble comme d'habitude.

L'après-midi, Cheranne s'étonna de ne pas trouver le forain sur place.

— C'est encore son précieux secret ! dit l'enfant.

La jeune femme avait longuement réfléchi à cette « surprise », à ce « secret » pour lequel Maxime avait prévu une déclaration solennelle. Il ne pouvait s'agir que de son prochain mariage, se dit-elle ; le forain attendait cette occasion pour présenter sa jeune épouse, maintenue discrètement à l'écart jusqu'au soir où tous se trouveraient réunis.

Rien qu'en y songeant, Cheranne éprouva quelque chose qui ressemblait à du chagrin, une brûlure au fond de sa gorge. Avait-elle voulu ignorer qu'un sentiment s'éveillait ? Un sentiment sans cesse bridé par la passion qui la liait à Steve.

Cela faisait plus d'un mois que ce dernier ne donnait plus signe de vie ; elle ne savait plus si ce silence lui était bénéfique ou pas. À travers son existence, elle parcourait ainsi des phases de déchirures ou d'apaisement, d'équilibre ou de fragilité.

Dans la journée, pour gagner sa vie, Cheranne continuait de promener des enfants ou d'accompagner des dames âgées. La veille, grâce à Sugar, elle avait eu une entrevue avec le patron de son cabaret. Ce dernier avait écouté les chansons de la jeune femme qui lui avaient plu. Très vite il l'engagea pour les chanter, deux fois la semaine, après minuit. Elle devait débuter le lendemain.

— Maxime sera de retour à six heures, confirma l'enfant.

— Je l'attendrai avec toi.

À six heures, Maxime ne reparut pas. À sept heures, à huit heures, non plus.

Cette absence prolongée confirma Cheranne dans ses soupçons.

— Il a peut-être été voir son « secret », glissa-t-elle d'un ton neutre.

Ils attendirent encore.

Plus brèves, les journées fraîchissaient. La foule s'était éclipsée depuis un long moment. Le jardinet avait sombré dans le noir.

Le moment était venu de recouvrir le Manège de sa pesante bâche ; Sugar était arrivé à point pour les aider.

Après, ce fut neuf heures. Bientôt, dix. Et puis, onze.

Le jeune saxophoniste dut les quitter pour se rendre au cabaret :

— Je viendrai demain aux nouvelles.

— Il passe une bonne soirée. Et nous, il nous oublie ! reprit Cheranne.

— Ça ne peut pas être ça, répliqua l'enfant.

L'inquiétude le gagnait, mais il luttait pour ne pas se laisser envahir. Omar-Jo avait l'impression que s'il cédait à la crainte, il insufflerait cette angoisse à la jeune femme. Qui sait si elle n'atteindrait pas Maxime qui, peut-être, en cet instant même, avait besoin de toutes ses forces pour faire front à des tracas, à un réel danger ?

— Allons voir dans l'appartement, dit l'enfant d'une voix assurée. J'ai dû mal comprendre, c'est chez lui qu'il nous attend.

Maxime n'était pas chez lui.

— Tous deux cherchèrent, en vain, des marques de son passage.

Le modeste immeuble n'avait pas de gardien. Ils descendirent dans la rue, interrogèrent la vendeuse de journaux, dont le kiosque restait ouvert jusqu'à des heures tardives.

De son poste d'observation celle-ci remarquait, d'un œil curieux et familier, les allées et venues de ses habituels clients.

Elle n'avait pas vu Maxime. Elle n'aurait pas pu le rater ; s'il n'achetait pas un journal, il la saluait toujours en passant.

— Qu'est-ce qui lui est arrivé ? Un accident ?

À force d'être confrontée, depuis plus de quarante ans, aux titres des journaux, la vendeuse évoluait dans un monde de catastrophes. Persuadée que, d'un jour à l'autre, les calamités s'introduisaient dans l'existence de chacun, elle répéta :

— Mon Dieu ! Un accident est arrivé à Maxime !

Sans lui répondre, Cheranne et Omar-Jo étaient promptement repartis.

Tout au long de la nuit, de commissariats en hôpitaux, ils cherchèrent ensemble le forain.

Ce n'est qu'au petit matin qu'ils apprirent que Maxime, légèrement éméché, s'était fait renverser par une voiture surgie, place de la Concorde, de l'un des tunnels.

Omar-Jo et Cheranne le découvrirent dans une salle de réanimation.

Étendu sur un matelas recouvert d'un tissu en plastique transparent, il y était retenu par des sangles. Des tuyaux lui sortaient du nez, de la bouche ; d'autres partaient de ses membres et de sa poitrine. Le teint plombé, les yeux clos, cernés : il haletait. On apercevait la chair livide de ses épaules découvertes.

Maxime n'était plus qu'un corps en perdition qui s'agrippait, animalement, à ce qui lui restait de souffle. Une respiration entrecoupée remontait par rafales jusqu'à ses lèvres, se disloquait, pour reprendre de nouveau, comme poussée par un moteur invisible.

— Au début, le pauvre homme délirait, confia l'infirmière. Il n'arrêtait pas de réclamer : « Chaplin, Chaplin ». Vous savez : « Charlot » ! Depuis, il a glissé dans le coma.

Condamné à ce champ de bataille rétréci, au ring exigu de son lit, le forain s'efforçait, par à-coups, de déjouer les assauts de la mort.

Par moments, ses pieds remuaient, s'agitaient, comme s'ils cherchaient à fuir cette menace, à courir au loin.

D'autres fois, son visage prenait un air farouche, pugnace, se préparant à entrer dans la mêlée, à affronter le violent corps à corps.

Puis, à bout de forces, le patient se relâchait, se repliait sur lui-même ; abandonnant tout l'avantage à son puissant adversaire.

La veille, portant un magnum de champagne sous le bras, Maxime avait été pris en écharpe par une voiture.

Celle-ci l'avait traîné plusieurs mètres sur la chaussée. D'autres véhicules, aux derniers coups de freins, avaient pu, par chance, l'éviter.

Les ambulanciers trouvèrent le forain, couché sur le dos, baignant dans une mare écarlate.

Sur le sol, le sang épais et lourd se mélangeait aux bulles aériennes, aromatiques, qui s'échappaient de la bouteille fracassée.

Debout au pied du lit, accoudé contre la balustrade, Omar-Jo ne quittait pas son ami des yeux.

Cette fois, c'en était trop ! Depuis sa naissance, la mort n'avait pas cessé de le pourchasser, lui et les siens. Elle finissait toujours par les rattraper, et par vaincre.

Cette fois, il ne se laisserait pas faire ! Cette fois, la mort ne survenait pas par surprise. Elle s'annonçait ! Omar-Jo avait eu le temps de la reconnaître, de la démasquer ; et à présent, de lui faire face.

Une énergie irrésistible s'empara de l'enfant. Le soir, il refusa de quitter l'hôpital. Convaincu que le forain vivait ses dernières heures, le personnel permit au gamin de rester à ses côtés.

Après le départ de Cheranne, Omar-Jo s'approcha de Maxime et lui parla à mi-voix :

— Tiens bon, oncle Max ! J'ai besoin de toi. Nous avons tous besoin de toi : Cheranne, Sugar, moi et les autres. Tiens bon, tu vas guérir. Je ne te lâche pas d'un pouce. Ensemble nous gagnerons, toi et moi !

Par tous les moyens dont il disposait, l'enfant essayait d'atteindre Maxime, de pénétrer dans son univers bouclé. Par la voix, le contact, il tentait de se glisser dans la camisole de ce corps grièvement frappé ; de se tailler, par les paroles et le toucher, une entrée dans cette chair close.

— Tiens bon, oncle Max. Tiens bon.

Il répétait les mêmes mots ; appliquait sa paume sur le front de son ami, sur ses épaules ; caressait le revers de ses mains.

— Je ne partirai d'ici qu'avec toi. Tu sais comment je suis : une tête de mule !

À l'aube d'une très longue nuit, Omar-Jo perçut un très léger cillement des paupières. Plus tard, un plissement des lèvres. Il les signala aux infirmières qui prévinrent l'assistant.

Plus tard, des sons inarticulés montèrent jusqu'à sa gorge. Sa respiration se fit moins hachurée.

Deux jours après, le forain quittait la salle de réanimation pour une des chambres d'hôpital.

C'est en pénétrant dans cette chambre ensoleillée – étendu sur le lit roulant que poussait un infirmier – qu'il aperçut, au coin de la pièce, une grande tache rouge éclaboussant tout un coin de la pièce.

— La femme-coquelicot ! furent ses premières paroles.

Les joues de l'enfant s'étaient creusées. Ses yeux immenses, qui brillaient comme jamais, absorbaient tout son visage.

Le forain l'appela :

— Viens, Omar-Jo...

D'un bond il se leva de la chaise où il s'était laissé tomber, et accourut.

— Plus près...

Le blessé s'agita, ouvrit plusieurs fois la bouche sans qu'aucun son ne parvienne à ses lèvres.

— Ne parle pas encore, oncle Max. Tu ne dois pas te fatiguer.

Le forain frissonna, se débattit, comme si ce qu'il avait à dire ne pouvait plus attendre.

— Approche-toi, suggéra Cheranne.

L'enfant baissa la tête. Son oreille effleura la bouche du forain.

— La surprise, Omar-Jo, le secret..., prononça-t-il.

Il reprit son souffle pour déclarer d'un trait :

— Maintenant tu t'appelles Omar-Jo Chaplin-Lineau... Lineau comme moi.

— Ça rime, fit l'enfant qui ne trouvait plus ses mots.

— Ça rime et je t'adopte !... Tous les papiers sont signés.

Il chercha à ajouter :

— Le champagne... c'était pour...

Mais l'infirmière, qui venait d'entrer, fronça les sourcils, insista pour qu'il se calme.

Dès qu'elle fut sortie, Maxime rappela l'enfant :

— Encore un mot... un seul.

— Un seul, c'est promis ?

— Promis.

— Alors, je t'écoute.

— Tout ça, c'est : « Gratis ! », murmura-t-il. « Gratis ! »

— « Gratis ! » reprit l'enfant comme s'ils s'étaient transmis un mot de passe. « Gratis, gratis, gratis », reprit-il en tournoyant sur la pointe des pieds autour du lit.

Pour la première fois depuis l'accident le forain souriait.

Cheranne avait mis, ce jour-là, beaucoup de soin à sa toilette.

La veille, Steve avait reparu ; il resterait à Paris pour toute une semaine. Elle allait le rejoindre, en sortant de l'hôpital, dans un restaurant du côté de l'Étoile.

Jamais Cheranne n'avait paru aussi plaisante, aussi radieuse. Le forain remarqua ses cheveux plus courts, plus bouclés ; des lentilles de contact avaient remplacé ses lunettes. Son parfum, frais et piquant, embaumait.

— Ce soir, c'est moi qui te remplace ici, dit-elle à Omar-Jo changeant subitement de plan.

Elle longea le lit, se rapprocha, posa un baiser sur le front de Maxime. Puis, elle lui passa doucement la main dans les cheveux.

— Je passerai cette nuit auprès de vous, Maxime.

Il tenta, sans trop de conviction, de protester.

— Ne dites rien, c'est décidé. C'est auprès de vous que je veux rester.

— En rentrant... j'ai reconnu votre couleur... articula-t-il avec effort.

— Ma robe-coquelicot ! Je sais que vous l'aimez.

Elle se décida à mentir :

— Je l'ai mise exprès pour vous, Maxime.

Tandis qu'elle les exprimait, ces paroles lui parurent soudain vraies, sincères.

Tout à l'heure elle téléphonerait à Steve et trouverait une excuse. Peut-être qu'ils remettraient leur rendez-vous au lendemain ; ou à un autre jour ? Peut-être qu'ils ne se reverraient plus ? Elle hésita un moment, eut envie de courir vers lui ; mais il était trop tard pour revenir sur sa décision.

Sugar, qui passait chaque jour à l'hôpital pour prendre des nouvelles, était revenu – tard cette nuit-là, après son numéro – traîner autour du Manège.

Il y trouva Omar-Jo.

Dès que celui-ci lui annonça que le forain était hors de danger, ils s'affairèrent, d'un commun accord. Ils déchirèrent d'abord l'affiche qui annonçait l'annulation du spectacle, la diminution des heures d'ouverture du Manège pour cause d'accident, la remplaçant par une pancarte qui fixait l'inauguration du Chapiteau à une date ultérieure, et le retour au plein emploi de la piste de jeux.

Il était plus de deux heures du matin. Pour fêter le retour du forain, tous deux ôtèrent la bâche, allumèrent les lampions, mirent la plate-forme en mouvement.

Puis, sans se consulter : l'un dansant, l'autre jouant de son saxo, ils firent le tour du Manège et du jardinet désert.

La lune n'était pas au rendez-vous. Mais qu'importait !

Sugar et Omar-Jo jouaient et dansaient, pour toutes les obscurités du monde et pour toutes ses clartés. Pour tous les Maxime, les Joseph, les Omar ; pour toutes les Annette, les Cheranne. Pour tous les amis connus et inconnus qui peuplent la planète. Pour ceux que la vie favorise et pour ceux qu'elle malmène. Pour toutes les heures à venir, toujours et sans cesse à ranimer !

Omar-Jo et Sugar dansaient, jouaient, rythmaient, se balançaient en cadence, stationnaient, gambadaient...

Tandis que de rares noctambules pénétraient dans le square pour les écouter, les regarder, de fines gouttes de pluie s'étaient mises à tomber.

L'hiver était proche.

Tout courait vers le froid, vers la violence, vers la mort. Tout filait vers l'été, vers la paix, vers la vie.

Tournant, tournoyant sans fin, le Manège poursuivait sa ronde.

Andrée Chedid

Femme de lettres et poétesse française d'origine libanaise, Andrée Chedid est née au Caire en 1920. Elle a commencé à écrire à l'âge de dix-huit ans et s'est installée en 1946 à Paris où elle a publié ses premiers recueils de poésie, puis des romans et du théâtre. Ses œuvres lui ont valu d'importants prix littéraires, et en 2009, elle est devenue Grand officier de la Légion d'honneur. Elle est décédée en 2011. Andrée Chedid parlait ainsi de son œuvre : « J'écris pour essayer de dire les choses vivantes qui bouillonnent au fond de chacun ; j'espère ainsi communiquer. Les sujets que je choisis sont en général marqués par la tragédie et par l'espérance. Je veux garder les yeux ouverts sur les souffrances, le malheur, la cruauté du monde ; mais aussi sur la lumière, sur la beauté, sur tout ce qui nous aide à nous dépasser, à mieux vivre, à parier sur l'avenir. »

Marcelino Truong

L'illustrateur de la couverture est né en 1957 à Manille (Philippines), d'un père vietnamien et d'une mère française. Il passe son enfance au Viêt-nam, aux États-Unis et en Angleterre. Après Sciences-po et l'agrégation d'anglais, à vingt-cinq ans, il choisit la vie d'artiste. Il a appris le métier d'illustrateur sur le tas en multipliant les collaborations dans la presse, l'édition et la publicité. Marcelino Truong a illustré de nombreux livres pour la jeunesse ainsi que des romans vietnamiens et des bandes dessinées, et se consacre également à la peinture.

Pour en savoir plus...

LA GUERRE CIVILE DU LIBAN

Le Liban est un pays du Proche-Orient qui borde la mer Méditerranée. Il partage ses frontières avec deux autres pays : la Syrie et Israël.

La population libanaise appartient à différentes communautés religieuses mais la majorité des habitants est de confession musulmane ou chrétienne. Les conflits qui opposent ces deux religions sont à l'origine d'une guerre civile du Liban qui se déroula entre 1975 et 1989.

Les causes de ce conflit sont nombreuses mais c'est principalement suite à l'arrivée massive de réfugiés palestiniens musulmans que les tensions entre les deux communautés s'accentuèrent au sein du pays.

Ces réfugiés prennent à cette époque le chemin de l'exil pour fuir la Palestine, suite à la création de l'État d'Israël en 1948. Parmi ces réfugiés certains sont des combattants de l'Organisation de libération de la Palestine (OLP). Ces derniers s'installent dans des camps et s'organisent en une véritable communauté autonome, ce qui est à l'origine de fréquents affrontements et attentats entre chrétiens et musulmans dans le pays. Le 13 avril 1975, 27 passagers d'un autobus, majoritairement palestiniens, sont assassinés par des miliciens phalangistes (chrétiens). Cet événement est considéré comme l'élément déclencheur de la guerre civile. S'ensuivent de nombreux affrontements, notamment l'attentat du « Samedi noir » de Beyrouth, en décembre 1975, qui s'est soldé par le massacre de cent cinquante Palestiniens musulmans. Cette période est aussi marquée par de nombreuses destructions et pillages dans la capitale Beyrouth. La ville se divise alors le long de la « ligne verte » qui sépare les musulmans de Beyrouth-Ouest et les chrétiens de Beyrouth-Est. Les tensions finissent par s'apaiser, grâce à l'intervention des pays voisins, en particulier de la Syrie, et des forces internationales. En 1989, la signature des Accords de Taef rétablit un équilibre entre les deux communautés et permet la constitution d'un gouvernement d'union nationale.

Imprimé à Barcelone par:

BLACK PRINT

Dépôt légal : mars 2013
N° d'édition : L.01EJEN001040.N001
Loi n° 49-956 du 16 juillet 1949
sur les publications destinées à la jeunesse